CLASSIC
當代大師
文學經典

八月見

En agosto nos vemos

加布列·賈西亞·馬奎斯

葉淑吟——譯

〔推薦序〕

愛情，馬奎斯著力於時間與記憶最深的所在

作家／謝哲青

一九三三年，比利時超現實主義藝術家雷內．馬格利特（René Magritte），在寫給詩人阿奇利．查維（Achille Chavée）的一封信中，提到一幅剛完成的作品：

「在室內的窗戶前，我放置了一幅畫，正好呈現繪畫所覆蓋的部分景觀。因此，畫中的樹遮蔽了房外的那棵樹。對觀眾來說，它既在畫中室內，又在真實的景觀以外。這就是我們看待世界的方式，也就

是說，我們所看到的，都只是外在的世界；儘管我們在內心中也有對它的具體呈現，但都僅止於表相……同樣地，有時我們會將過去的事件、記憶，延續成當下正在發生的事情。如此一來，時間和空間失去意義，這也讓我們的日常經歷變得至關重要……這就是我們看待世界的方式：我們將世界視為自己之外的存在，同時我們也在自己內部擁有對它的呈現。」

畫家繼續在信中為朋友解釋：

「同樣地，有時我們也會將『當下』正在發生的一切歸於過去。時間和空間因此失去了只有日常生活經歷才考慮的庸俗含義。只有當一個人無法真正看到作品所呈現的真實時，才會有像『這幅圖代表什麼，意味著什麼？』這樣的疑問……習慣將瑣碎串聯成象徵，暴力式地破解釋疑，好為人師的信徒們，總是相信隱含的意義比明示的意義更有價值……儘管這種了解『世界』的方式，在精神分析、心理治療方面可能很有用……但在我的畫作中，並不存在任何隱含的意義，你看到的，就是一切，所有自作多情的混淆含糊，都是愚蠢的。」

往後十年，馬格利特反覆思考這幅名為《人類的境況》（*La Condition humaine*）的畫作，還繪製了另外三幅相似的作品，繼續深掘呈現真實，與真實呈現的種種可能。不過對我來說，馬格利特在作品還探討另一個有趣的議題，那就是思考「制式、框架、套路」的種種異義。

首先，就我們所知：「幾乎」所有的藝術創作都有框架存在。在這裡所謂的「框架」，不僅指涉心智的侷限，同時也是物理性的存在——「畫框」。畫框不僅規範了畫面的尺度大小，也劃分了創作與真實的界限。漫無目的是危險的，畫框的存在，錨定讀者的焦點，作品，就在眼前。

其次，我們把形而上的框架，放到文學中來觀照，意圖更加明確：托爾斯泰《戰爭與和平》與吳爾芙《自己的房間》，蕭洛霍夫《靜靜的頓河》與昆德拉《玩笑》，就可明白框架所在不是侷限，是精心設計的包裝，是細膩描摹的輪廓，將慣例、俗套儀式化，讓平凡昇華為獨一無二的祝福。

讓我們回到馬奎斯，他就是這麼一位大師，將我們習以為常，視為理所當然的套路，拆卸、解構、再剪裁組裝，最終蔓延出只存在於馬奎斯小說中的生機與驚喜。玩不出新把戲的老貓，數十年如一日坐在車站前等待主人的老狗，在馬奎斯的筆下，幻化成推著命運巨石上山的薛西弗斯，困陷專屬於個人的煉獄，沒有餘地生天。

如果，我們從一九五五年《枯枝敗葉》開始讀起，不難發現，混亂、複雜、關係龐雜又不穩定的成長過程，日後終成為悲傷的泉湧，但是，馬奎斯也像馬格利特一樣，擅長，或是說習慣，描摹某一種「真實」，並將「真相」隱藏於所創造的真實之後。馬奎斯的小說，從第一部開始，我們就讀到神似的藝術意圖：我們所讀到的遮蔽掩飾，也是，真相的一部分。

但，更重要的是，透過閱讀，我們才能深刻體會馬奎斯，不同於馬格利特等視覺藝術家的差異，身為文學家的擅場，甚至「偉大」，那就是——形塑讀者的時間體驗；甚至是，改變讀者對時間的主觀感受。這部分可說是馬奎斯小說之於我，最顛倒神迷的全部。

從「……最後它打個呵欠，迷迷糊糊，跳進當前奇異寧靜的時間之海，接著浮出水面，全身淌流時間的水，那是修正過後的準確時間」到「兩個小時過後，安娜．瑪格達蓮娜帶著憐憫的目光，最後一次回顧自己的過往，而一聲永別了，告別那些一夜情的陌生人，和無數無數她在島上各處留下的躊躇不定的時光。」字裡行間，依稀可見，文學家伸出手，奮力一躍，試著去捕捉那不斷消逝的時光。

我們所意識的真實，所意會的真相，以流動的方式，寓居於我們的記憶中。涓滴、湍瀑、深澗、激石的水花、拍岸的驚濤、沒口的伏流……在馬奎斯的筆下，原來，記憶和河水一樣，也會隨著處境遭遇而壓縮、展延、變形。而小說家筆下的記憶，全都是時間呈現的形式。透過死亡，馬奎斯側寫時間的沉甸黏稠；透過性愛，變造過時間顯得格外地輕巧可人。而愛情，是他無法別過視線的情鍾，也是著力於時間與記憶最深的所在。《百年孤寂》與《愛在瘟疫蔓延時》中，時間是沿著天際落下，長長的拋物線，最終，落在塵土之中；在《迷宮中的將軍》及《關於愛與其他的惡魔》，時間轉譯為生物學上不連續的間斷分布，相異的兩地，讀見演化的相連。馬奎斯的文字，處理時間的神秘，在不可測的永恆中度量出存在，也在微渺的個人存有中觀見永恆。

最後，我們回到《八月見》，透過馬奎斯歡樂又哀傷的感性，娓娓道出一位中年女子生命境遇：自我與自由的追尋、時間與空間的探問、情愛與性愛的覺察。沒錯，這並不是馬奎斯最好的作品，但如同米開朗基羅《隆達尼尼聖殤》或舒伯特的《未完成》，依然深情真摯。當記憶在歲月中風化、剝蝕、崩潰之後，我們還剩下什麼？在碩果僅存的靈光中，馬奎斯留下這部未完成的小說，成為文學的天空下，日薄西山之際，抬頭仰望，所瞥見的最後一抹霞彩。

【導讀】

寬衣解帶的邂逅，婚姻到情欲的解脫

臺北醫學大學副校長／張淑英

馬奎斯的遺作《八月見》（*En agosto nos vemos*）二〇二四年三月六日在他逝世十週年的九十七歲冥誕全球同步出版。距離逝世前最後一部小說《苦妓回憶錄》（二〇〇四）相隔已二十載。藍燈書屋公告書封的設計：一位身著白洋裝，手撐著黃色陽傘的女士，背對著大家，朝向綠蔭的墓園，忠實呈現馬奎斯所關注的每個細節與色彩。

這本典藏在德州大學奧斯汀校區的哈利·蘭森中心的手稿，我也曾於二〇一七年造訪時親炙過，如今閱讀這本從最初一篇短篇延展成中長篇小說的《八月見》，可稱為是馬奎斯餘命裡的文學人生，如同他兩個兒子的序言：再現他擅長虛構的創作力、詩性的語言、引人入勝的敘述。雖是遺作，實是回歸本源，重現初衷。

熟悉馬奎斯的小說的讀者，卻不容易讀到他自一九八六年開始在哈瓦那「國際影視學院」工作坊指導學生撰寫影視腳本的作品集，其中兩本名為《租屋來作夢》（單篇短篇中譯為〈賣夢女郎〉）和《如何說故事》；兩書彙整他所指導的寫作技巧和對話：斟酌篇幅、觀察細節、物件的掌握（一把傘、一頂帽子……）、人物姓名、數字選用、日期和時辰定義的巧妙，藉以喚起讀者的好奇心，或是故布疑陣，引發思考是實的意義或虛的鋪陳；當然還有他最擅長的愛情主題，千變萬化的情節（跨時空、跨年齡、人與靈跨界、真實與夢境的聯繫等等）。舉例來說，前世今生的雙雙戀人在鏡裡鏡外對照時彼此相遇——多魔幻的靈異！

又如，《如何說故事》裡的〈週末的竊賊〉，原本名稱是〈夜晚的竊賊〉，馬奎斯指導用週末取代夜晚，描述這位竊賊只在週末才行竊，結果因行竊卻跟女主人情愫生，最後歸回全部的贓物，女主人告知竊賊她的丈夫固定週末出差，竊賊歡天喜地地離開，期待下回再做週末的竊賊。

換成《八月見》，時間從週末延長到一年，我們看到已婚、一對兒女初長成的中年婦女——安娜·瑪格達蓮娜·巴哈（Ana Magdalena Bach）——夫妻雙方都是上流社會的音樂世家，她每年八月十六日搭渡輪來到加勒比海的小島，下榻在熟悉的飯店，前往陵園祭拜母親的墳墓。如此刻意的巧合，安娜・瑪格達蓮娜・巴哈的名字，恰是巴洛克時期神聖羅馬帝國的知名作曲家約翰・塞巴斯汀・巴哈（巴赫）的第二任妻子。《八月見》字裡行間以諸多音樂家和樂曲（羅斯卓波維奇、范・莫里森、德布西、奧古斯汀・拉拉、保羅・巴杜拉－史寇達……等人）與知名作家與作品（《德古拉吸血鬼》、《小癩子》、《奇幻文學選集》、《恐怖的日子》、《火星紀事》……）烘托陪襯的景致，描繪了知性與感性兼具的女主角，且彰顯了小說人物虛構中的諸多真實。

為何八月見？在《異鄉客》裡已有一篇〈八月的幽靈〉的奇幻氛圍故事。哥倫比亞的八月有許多節慶元素，提供許多想像和臆測，不論是梅德因（Medellín）的花節，聖瑪爾達（Santa Marta）的海洋節、波帕揚（Popayán）的聖母升天日、瓦耶納塔音樂節

（Vallenata）、波哥大的各種音樂會嘉年華式的奔放青春週，或是馬奎斯最常著墨的迦太基港和巴蘭基亞等加勒比海海岸風光。八月，如實呈現這個熱帶區域的熱浪和暴雨連番夾擊撲襲的夏季，恰恰反映了安娜・瑪格達蓮娜・巴哈每回獨自前往墓園憑弔的心境——身心渴望與熱情的極致狀態。馬奎斯的經紀人，已逝的「卡門・巴爾賽」版權商主任瑪莉貝爾・路格（Maribel Luque）表示，這是一部關於女人，性和欲望的書寫。

馬奎斯原本希望以《八月見》作為自一九八五年以來的愛情小說《愛在瘟疫蔓延時》、《關於愛與其他的惡魔》與《苦妓回憶錄》系列的終章，卻因彼時同時撰寫自傳《活著是為了說故事》和《苦妓回憶錄》，也因年紀和身體狀況而耽擱。其實我們可以補上已經屬於「後爆炸時期」（一九七五年以後）逐漸由悲轉喜的愛情敘事，如一九八一年的《預知死亡紀事》。細看這愛情四部曲或五部曲，有些共同的連結和微妙的改變：新婚之夜非處女身而遭棄的妻子，以兩千封卻未曾被開封的情書，在八月的正午喚回了丈夫的體諒；分開五十三年十一個月又七天後的青梅竹馬，晚年攜手共度餘生；三十六歲的神職和十二歲的女孩不倫戀的悲劇，一死一監禁；九十高齡的耆宿要與妙齡處女共度一夜良宵的慶生禮。從這幾部作品看來，亂世悲情見真愛，承平時期顯孤寂，情欲解脫無禁忌，銷魂一夜斷情絲。安娜·瑪格達蓮娜·巴哈，宛若女版的阿里薩（《愛在瘟疫蔓延時》的男主角），未必有愛，但要有情有欲有性，也是喬治·巴代伊的《情色論》筆下禁忌與踰越的踐行者。

馬奎斯在《八月見》一樣展現了他向來的寬容和體諒的筆觸，隨著年歲的增長，似乎更替生為女人在婚姻、愛情和情欲上的桎梏解鎖。安娜．瑪格達蓮娜．巴哈，二十七年幸福的婚姻儼然成了平淡的水，少了氣泡和滋味，她只要渡了河踏上小島岸邊，那跨過婚姻尺度的逾越就轉變成她的愉悅。在幾乎是主動式地找尋愉悅、釋放和滿足的冒險中，她也經歷了性學理論闡述的若干起伏變化：不喜歡↓拒絕↓怕失去↓感興趣↓需要↓充滿熱情，這個循環情結反映在她幾度八月重返小島後的心境：從第一次宛若被當妓女的羞辱，到第二次主動邀舞的年輕紳士，第三次與年少時期前男友阿基雷斯．克羅那多的重逢，第四次與不知名的主教的雲雨，和最後的婉拒，每一次的際遇皆非偶然，但是偶然憑添她對丈夫的罪惡感，卻也「同理可證」，開始懷疑丈夫是否與自己一樣也有了逢場作戲的伴侶。直到在母親的墳前，從腐朽的劍蘭找到答案，母親的過往成為她的救贖和慰藉，這「從心所欲的踰矩」終於得到解脫的說詞。

安娜·瑪格達蓮娜·巴哈帶著母親的骸骨一起遠離小島，從此也隔離道德和禁忌的猶豫與游移。

馬奎斯對於愛情有一句耐人尋味的箴言：「一個人可以同時愛很多人，也承受一樣的痛苦，而不背叛任何一個人。」這個觀念直接寫進了《八月見》：「她的姊妹淘中，起碼有五個在能力所及的範圍內有過露水情緣，同時又能維持穩定的婚姻。」然而在他自己漫長的婚姻中，他有另一番哲學，愛是需要學習的：「婚姻就跟生活本身一樣，是一件極致困難的事情，每天都要重頭開始，而且有生之年天天都是如此。這份心力必須持之以恆，很多時候甚至是令人筋疲力竭的，但是很值得。」

「八月見」最動人的應該是「賈伯和賈媽」的重逢（人稱馬奎斯是「賈伯」〔GABO〕，妻子梅西迪絲·巴爾恰·帕爾朵是「賈媽」

〔GABA〕）：馬奎斯逝世六年後，梅西迪絲於二〇二〇年八月十五日去世（聖母升天日），兩人在天堂八月見。

EN AGOSTO NOS VEMOS

克里斯多巴・培拉

保管的版本

前言

我們的父親在生前最後幾年飽受失智之苦，不難想像，這個狀況對我們所有人來說是多麼煎熬。尤其是，失智剝奪了他孜孜不倦的筆耕機會，使他倍感沮喪和挫折。有一回，他用一種偉大作家的善辯口才清楚告訴我們：「記憶是我的主要材料和工具，一旦失去，就等於失去一切。」

《八月見》是他傾盡最後力氣，對抗逆風和怒濤，繼續創作後所結出的果實。整個創作過程，就像藝術家的完美主義和他的心智退化之間的一場競賽。我們的友人克里斯多巴．培拉在這個版本的〈後記〉裡，仔細交代了這本書眾多版本的漫長旅程，比我們自己能親自解釋的還要詳盡，在此之前，我們只知道馬奎斯的最後評語：「這本書端不上檯面，把它處理掉。」

但我們沒有處理掉，而是擱置一旁，希望時間能決定它的去處。距離我們父親過世將近十年後，我們再讀過一遍，發現這部作品有非常引人入勝的價值。事實上，這本書不及他的其他偉大作品那般完美，書中有一些缺漏和細微的矛盾，但是都無損一睹這部馬奎斯作品的出色之處：他的創作能力、文字的詩境、扣人心弦的敘述、身而為人的體悟，以及對人生教訓、逆境，尤其是對愛情的感觸。愛情，或許是他所有作品的核心主題。

我們認定這部作品比我們記憶中的還要完整許多，而且還想到另一個可能性：馬奎斯雖然苦於失智，無法完成作品，但也沒發現作品雖然不盡完善，卻是多麼出色。因此我們決定違背他的意思，放下所有其他的考量，以滿足他的讀者為優先。如果讀者讚譽有加，或許他能原諒我們。我們是如此深信不已。

羅德列克和貢薩洛·賈西亞·巴爾查

1

八月十六日禮拜五，她搭乘下午三點的渡輪回到小島。她身穿牛仔褲、蘇格蘭格紋襯衫，腳踩樣式簡單的低跟鞋，沒穿絲襪，她撐著一把緞面洋傘，手拿提包，隨身行李只有一個沙灘包。她走向碼頭上的一排計程車，直接步往一輛遭鹽分蛀蝕的舊款車。司機對她打了個友善的招呼，載她搖搖晃晃前進，開過破落的村莊，那一片泥牆屋、棕櫚葉屋頂，和熱燙的沙塵街道，對望著一片彷彿燃燒的大海。車子煞煞停停，繞過紋風不動的豬群，和光溜溜的孩子們，他們踩著鬥牛士的步伐嘲弄車子。過了村莊，車子駛上一條大王椰子樹大道，沙灘和觀光旅館就在這裡，坐落在一片開闊的大海和一座棲息大藍鷺的內陸湖泊之間。最後，計程車停在一棟風華落盡的老舊旅館前面。

門房正在等她，他早已備妥一張等她簽名的住房登記卡和一串鑰匙，房間位在二樓，是這個樓層唯一面對湖泊的房間。她大步跨上樓梯，進入簡陋的房間，空氣中彌漫著一股剛消毒完的氣味，整個空間幾乎被一張巨大的雙人床占滿。她從行李拿出一個小山羊皮盥洗包，和一本毛邊書，書頁夾著一根象牙拆信刀，她把東西都擺在夜桌上。她拿出一套粉色絲質睡衣壓在枕頭下。她還拿出一條赤道鳥圖的印花絲質頭巾、一件白色短袖襯衫，和一雙磨損不堪的網球鞋，她拎著鞋子進了浴室。

開始梳洗之前，她摘下婚戒和戴在右手的男錶，放在洗手臺上，快速潑水洗臉，想洗去旅途的塵土，和趕跑午覺的睏意。擦乾臉後，她端視鏡中的胸部，儘管生過兩胎，依然飽滿高挺。她伸出指尖，把兩頰往後拉，憶起自己曾經青春年少。她不去看脖子的皺紋，那已經無可救藥，她端詳完美的牙齒，在渡輪上享用午餐後才刷洗乾淨。她拿起止汗劑擦拭刮乾淨的腋下，穿上透氣的棉質襯衫，口袋繡有首字母縮寫。她梳理一頭及肩烏絲，拿起頭巾紮好馬尾。最後，她在嘴唇塗上簡單的凡士林唇膏，用舌尖沾濕指頭撫順相接的眉毛，在兩邊耳朵後抹上東方木香水，正視鏡中那張遲暮的臉孔。她沒有上妝，皮膚是糖蜜顏色和質地，一雙黃玉眼眸搭配葡萄牙血統的深色眼皮，煞是美麗。她用力發了一下抖，毫不留情地評價自己，她對自己感到自在滿意。這時她戴上婚戒和手錶，發現她遲到了：還有六分鐘就要四點，但是她給自己一分鐘緬懷的時間，凝視大藍鷺在湖泊的熱氣中安靜地掠過半空。

計程車在門廊的香蕉樹林下等她。司機沒等指示，直接發動車子，沿著椰子樹大道開去，抵達一個旅館聚集的廣場，露天公有市集在這裡，車子在一處花攤前停下。一個身軀龐大的黑女人正坐在海灘椅上打瞌睡，她被喇叭聲嚇醒，認出車子後座的女人，她堆滿笑意，嘮叨寒暄，遞上一束預定給她的劍蘭。計程車繼續往前，開過大約四個街區後，抵達一座尖石山，拐進一條沿著山壁而上的難以通行的羊腸小道。熱氣蒸騰，彷彿凝結，籠罩著開闊的加勒比海，成排的遊艇停泊在觀光碼頭邊，下午四點的渡輪又返回村莊。山頂上坐落著一座荒涼破敗的墓園。她毫不費力地推開生鏽的大門，拿著花束踏進小徑，雜草蔓生，淹沒一座座墳塚。墓園中央有一棵木棉樹，張著粗大的枝幹，指引她找到母親的墳墓。她感到疼痛，路面的尖石頂著曬熱的橡膠鞋底，毒辣的陽光穿透了緞布洋傘。有一隻蜥蜴從灌木叢冒出來，猛然停在她的前面，瞅著她看一會兒，然後倉皇奔逃。

她戴上口袋裡的園藝用手套，將三面墓碑清理乾淨，認出其中一面發黃的大理石上，刻有八年前過世的母親的姓名和逝世日期。

每年八月十六日的同一個時間，她都會搭乘同一輛計程車去同樣的花攤，再頂著豔陽來到同樣這座殘破的墓園，送上一束新鮮的劍蘭到母親的墳頭。完成之後，她沒有其他要事，一直等到隔日早晨九點，再搭乘第一班渡輪踏上歸途。

她名喚安娜．瑪格達蓮娜．巴哈，滿四十六歲，結婚二十七年，這是一段和諧的婚姻，她愛他而他也愛她，在他之前，她不曾和其他男人交往，還沒從藝術與文學系所畢業，就以處子之身嫁給了他。她的母親曾是知名的蒙特梭利小學老師，儘管功績卓著，卻甘於平淡，一直到嚥下最後一口氣。安娜．瑪格達蓮娜繼承她的一雙金色美眸、惜字如金的美德，和擅用剛毅特質的智慧。她來自音樂世家。她的父親曾是鋼琴名師，當過四十年外省音樂學院的校長。她的丈夫也有一對音樂家雙親，他擔任管弦樂團團長，並承襲了他的老師的衣缽。他們育有一個楷模兒子，二十二歲就當上國家管弦樂隊首席大提琴手，曾在一場私人演奏會上贏得羅斯卓波維奇的掌聲。相反，他們十八歲的女兒近乎天賦異稟，光憑聽力就能輕而易舉地學會任何樂器，但是那只用來當作她不回家過夜的工具。她雲心水性，正和一個出色的爵士樂小號手談情說愛，但內心卻想歸依赤足加爾默爾修會，以反抗父母的看法。

她的母親在過世前三天，表明希望葬在島上的遺願。安娜・瑪格達蓮娜想前往參加葬禮，但是大家都認為不妥，因為連她都自覺無法承受沉重的哀傷。隔年一周年忌日，她的父親帶著她去上墳，完成待豎立的大理石墓碑。這趟旅程讓她飽受驚嚇，他們搭乘一艘引擎小艇，花了將近四個小時，一路上海象不佳。她讚嘆依偎在原始雨林旁的金黃色細沙海灘、禽鳥啁啾，和大藍鷺在內陸湖面上如幽魂般的飛舞。她對小村莊的破敗心生哀憐，村民被迫露宿野外的兩棵椰子樹之間的吊床，儘管村裡出了一位詩人，和一位只差一步之遙就能當上共和國總統的、胸懷大志的參議員。她印象最深刻的，莫過一群只有一條胳膊的黑人漁夫，那是在炸藥引線提前爆炸中失去的。然而，當她佇立在山頂的墓園俯瞰這片土地的璀璨光輝，總算是明白了母親的遺願。這裡遺世獨立，卻是她唯一不會感到寂寞的地方。就是在這一刻，安娜·瑪格達蓮娜下定決心把母親留在這裡，每年送上一束劍蘭到她的墳前。

八月是酷熱和暴雨夾擊的月分，但是她視作補贖月，無論如何都該完成承諾，而且要以一己之力。她唯一的難題，是兒女堅持去看外婆墳墓的要求，以及大自然要她為旅程所付出的驚魂代價。儘管下著雨，小艇依然出發，就怕天黑前到不了，她的孩子在途中飽受驚嚇，沒熬過暈船，但總算到了目的地。幸運的是，那一次他們得以投宿第一間觀光旅館，那是參議員動用國家金錢，以己之名所興建的。

年復一年，安娜・瑪格達蓮娜・巴哈看著落地窗旅館一棟棟拔地而起，與此同時村莊卻越來越貧困。引擎小艇退役了，取而代之的是渡輪。整趟旅程一樣是四個小時，但是多了空調、樂隊和歌舞女郎。只有她按照慣例，成為小村莊最準時的訪客。

她返回旅館，躺在床上，身上只穿一條蕾絲內褲，繼續從書本用拆信刀做記號的那頁讀起，天花板的電風扇轉著葉片，卻幾乎撼動不了酷熱。那是伯蘭・史杜克的《吸血鬼德古拉》。她已在渡輪上狼吞虎嚥讀完一半這部大師級作品，接著她睡去，書擱在胸口，兩個小時後醒來，四周已是一片昏暗，她汗流浹背，飢腸轆轆。

旅館的酒吧開到夜間十點，睡覺前，她下樓想隨便吃點東西充飢。她發現這個時間的客人比平常多，服務生似乎不是先前那位。她點了和往年同樣的火腿起司三明治，配上烤麵包片和咖啡牛奶。等待上餐同時，她注意到四周都是上了年紀的觀光客，他們是這裡還是唯一一間旅館時的同一批客人。一位黑白混血女孩正在高唱哀傷的波麗露曲子，同樣還是奧古斯丁．羅梅羅以愛伴奏，只是他年老眼瞎，同樣的，那架開幕慶宴上的鋼琴也已顯破舊。

她試著壓抑獨自用餐的尷尬，快速吃完，不過她喜歡那音樂，輕柔又能撫慰心靈，女孩也懂得詮釋。當她用餐完畢，只剩三對伴侶，分坐在不同的桌子邊，而不同的是，在她的前方，有個她沒看見何時進來的男人。他一襲白色亞麻打扮，一頭銀白頭髮。他的桌上擺著一瓶白蘭地，一杯半滿的酒，一副世界上只有他孤獨一人的模樣。

鋼琴開始奏起大膽改編成波麗露曲調的德布西的《月光》，黑白混血女孩滿懷愛意高歌。安娜．瑪格達蓮娜神魂蕩漾，她點了一杯加冰塊和蘇打的琴酒，這是她唯一能承受的酒精。第一口下肚，世界彷彿變了模樣。她覺得自己討人喜歡、快樂、無所不能，她在音樂和琴酒的美妙交融下變得美麗動人。她以為對桌的男人沒注意到她，當她瞥去第二眼時，卻訝異地發現他正盯著自己瞧。男人一下紅了臉。她迎向他的視線，他轉而看他的鏈錶。他不知所措，收起錶，再倒一杯酒，一臉茫然地望向門口，因為他已察覺她毫不客氣地瞅著他。於是他轉頭直視她。她對他送上微笑，他向她點頭致意。

「我能請您喝一杯嗎？」他問她。

「很榮幸。」她說。

他來到她的桌邊，風度翩翩地替她斟一口酒。

「乾杯。」他說。

她興致盎然，兩人一飲而盡。他嗆著了，用力地咳了咳，全身上下顫抖，連眼眶都泛淚。他們安靜許久，直到他拿出薰衣草香水手帕擦乾淚水，才重拾聲音。她大膽地問他是不是在等人。

「不是。」他說。「本來有件要事，但是不重要了。」

她露出精心算計過的、不可置信的表情問：

「談生意？」

他回答：「我已經沒事了。」

不過他吐出的這句話，用的是男人那種不指望有人相信的語氣。她違背自己的性格試圖討好他，像個鄙俗的農婦，接著心機重重地下結論：

「那麼您輕鬆了。」

就這樣，她繼續溫柔過招，甚至為了網住他，東拉西扯一番。她邊玩邊猜測他的年紀，結果多猜了一歲：四十六歲。她玩起從他的口音猜測他來自哪個國家的遊戲，第三次猜中：西班牙裔美國人。她試著猜測他的職業，才猜第二次，他就急忙說他是土木工程師，她不禁懷疑這是阻止她揭開真相的花招。

他們聊到把德布西的曲子改成波麗露舞曲有多麼大膽，但是他沒特別注意。他想必是發現她懂音樂，而他頂多知道《藍色多瑙河》。她告訴他，她正在讀史杜克的《吸血鬼德古拉》。他在中學讀過，對伯爵在倫敦登岸之後變成狗的章節依然印象深刻。她同意，她不了解法蘭西斯·柯波拉在翻拍成令人難以忘懷的電影時，為什麼改了這部分。第二口酒下肚，她感覺白蘭地在她的心底某處撞見了琴酒，她不得不屏氣凝神，以免精神恍惚。音樂在十一點結束，樂隊只等他們離開就要收工。

這時她彷彿摸透了他，跟他生活了一輩子。她知道他有潔癖，穿著一絲不苟，指甲的自然光澤顯得那雙手更加靜默無聲，還有心地善良，個性靦腆。她發現他那雙黃色大眼眸更給人帶來深刻的忸怩印象，於是她緊盯著那雙眼睛不放。這時她感到自己壯起膽往前走去，踏出這輩子連在夢裡想都沒想過的一步，單刀直入地說：

「我們上樓？」

他失去了主導權。

「我不住在這裡。」他說。

但她甚至沒等他說完話。

「我住在這裡。」她起身，抬高頭，晃也沒晃。「二樓，樓梯右手邊，二〇三號房。不用敲門，推開即可。」

她踩上樓梯回房，有如驚弓之鳥，自從新婚之夜後，她再也不曾有過這種心情。她打開電風扇，但沒開燈，她在漆黑中解衣，沒停下腳步，在地板上留下一長串衣物，從房門口到浴室。她打開洗手臺的燈光，不由得閉上眼睛，深吸一口氣，穩住呼吸和顫抖的雙手。她趕忙清洗陰部、腋下，以及被橡膠鞋悶軟的腳趾頭，即使下午流過汗，她還是打算隔天再洗澡。她沒時間刷牙，直接在舌頭上擠一丁點牙膏，然後回到房間，房內只有從洗手臺斜透過來的光勉強當作照明。

她沒等訪客推開門，一感覺到他走近，立刻就從裡面打開。他嚇了一大跳，但是在昏暗中的她沒給他太多時間。她猛力扯掉他的夾克、領帶和襯衫，全部從他肩膀往後丟到地上。當她這麼做時，一股淡淡的薰衣草香慢慢地飄散在空氣中。起先，男人還想幫她，但是她沒給他時間。她剝光他的上半身後，要他坐在床上，然後蹲下來脫掉他的鞋子和襪子。同時，他解開自己的皮帶頭，打開門襟釦，這樣一來，她只需要一拉，就能替他脫掉褲子。他們完全不管鑰匙、鈔票和錢幣滾落地面。最後，她幫他把內褲褪下雙腿，她注意到他雖不若丈夫中看，也就是她唯一看過的成年男子裸體，但那話兒已經安靜地高高舉起。

她完全不讓他採取行動。她騎到他身上直搗深處，獨自占有他，壓根兒沒想到他，最後兩人汗水淋漓，昏頭轉向，筋疲力竭。她依然躺在上面，在發出令人窒息噪聲的風扇下，奮力抵抗意識清晰後湧出的疑問，直到她注意到他呈大字型躺在她的身體下方開始吃力呼吸，於是翻過身去躺平在他的身邊。他動也不動，等到終於重拾第一口氣時，他問：

「為什麼是我？」

「突發興致。」她說。

「能聽到您這樣的女人這麼說，」他說。「真是光榮。」

「喔。」她開玩笑說。「不是滿足？」

他沒回答，兩人躺著，等待彼此靈魂的騷動。房間內滿盈湖泊的暗綠，顯得異常美麗。他聽見拍翅聲。

他問：「那是什麼？」

她跟他講起大藍鷺的夜間習性。漫長的一個小時，他們一直低聲閒聊，過後她伸出手指開始遊走，慢慢騰騰，從胸前往下腹探去。她再伸出腳蹭他的腿，往下而去確定沿途覆蓋一層濃密的毛髮，就像柔軟的四月青苔。接著，她又伸出手指尋找那正在歇息的動物，發現牠雖然垂頭喪氣，還是有一口氣在。他換個姿勢，讓她更容易探索。她透過指腹認識：大小、形狀、包皮繫帶、滑溜溜的龜頭，最後是彷彿用布袋粗針縫起的摺邊。她數了數針腳，他則急忙澄清她腦中想像：

「那是我在成年禮時割的包皮。」他嘆了口氣又說：「那是一種怪異的滿足。」

「反正，」她毫不客氣地說。「不是什麼光榮的事。」

突然間，她急忙在他耳朵、脖子撒下輕柔的吻，想要安撫他，他把嘴唇湊過去，兩人第一次親嘴。她再次探去，發現牠已蓄勢待發。她想再度襲擊，不過他像個溫柔的情人，不疾不徐，帶著她升到沸騰的高點。她詫異不已，如此粗糙的雙手竟柔情萬縷，她搔首弄姿，試圖抵抗。但是他不理會，繼續照自己的方式隨心駕馭她，讓她飄飄欲仙。

凌晨兩點，一聲轟雷撼動旅館的扶壁，窗戶的插銷被風吹開。她急忙關上窗戶，接著一道閃電刷亮，她在恍若正午的剎那間，乍見湖面波濤洶湧，視線還穿過雨簾，望見地平線那一端的龐然月亮，和暴風驟雨中拚死拚活拍翅的大藍鷺。他依然還沉睡著。

她回到床邊，絆到兩人的衣物。她把自己的留在地上，想晚點再收拾，她把他的夾克掛在椅子上，再披上他的襯衫和領帶，她摺好他的褲子，小心翼翼，以免弄縐燙線，再把鑰匙、小刀和錢擺在上面。暴雨一來，房間的空氣涼爽許多，因此她穿上粉色睡袍。她感覺到純絲布料的冰涼，皮膚起了雞皮疙瘩。床上的男人側身睡著，雙腿蜷縮，那龐大的身軀看在她眼裡，像是無依無靠的孤兒，心底不由得升起一股憐憫。她在他的背後躺下來，從腰部抱住他，她汗濕的身體光澤擾動了他。他發出粗啞的低喘，別開身體睡去。她睡不太著，醒來時停電了，電風扇靜止下來，房間籠罩在窒悶的漆黑中。這時，他正呼呼大睡，呼嚕聲伴著綿延不絕的鼾聲。她伸出指尖愛撫，純粹只是好玩。他從呼聲中驚醒，回到人間。她丟下他半晌，一把剝掉睡衣。但是當她回過身，卻發現如意算盤落空，因為他又第三次睡著了，無法取悅她。她只好穿回睡衣，背對著他睡去。

六點一到，她按作息時間醒來。她躺著，閉著眼睛神遊一會兒，不想去感覺兩邊太陽穴的隱隱作痛、冒冷汗的噁心感，或心神不寧，現實世界一定有個未知的東西在等著她。她聽著電風扇的響聲，注意到四周沐浴在破曉時分的湖泊藍光之中，房間的輪廓已經依稀可見。突然間，一道恍若死亡的光束劈來，她驚覺自己出軌，生平第一次，她和丈夫以外的男人上床。她心驚膽跳，轉過頭去看他，卻不見他的蹤影。他也不在浴室。她打開所有的燈，看見他的衣服已經不在，相反地，她本來扔在地板上的衣服，被一雙充滿愛憐的手摺好擺在椅子上。直到這一刻，她才發現自己對他一無所知，她不知道他的名字，他在這個瘋狂的夜晚留給她的，只有一股悲傷的薰衣草香，飄散在暴風雨洗滌過的空氣中。直到這一刻，當她拾起夜桌上的書放進行李袋，她才發現他在她的恐怖小說的扉頁間，夾了一張二十塊錢鈔票。

2

　　她再也回不去原來的自己了。她在回程的渡輪上隱約感覺到這個不爭的事實，她的四周遊客如織，她一向對他們漠不關心，而突然間，毫無特別理由，她竟覺得他們變得惹人厭。她一向嗜讀。她沒完成藝術與文學系所學業，還差那麼一點，但她仍自我鞭策讀完該讀的，再讀自己鍾愛的：熟悉的作者的愛情小說，尤其是悲情的長篇種類。在《小癩子》、《老人與海》和《異鄉人》之後好些年，她廣泛閱讀各類短篇小說。她厭惡時興的題材書籍，她知道自己沒空跟上最新流行。近幾年，她徹底沉浸在超自然小說的世界。但是這一天她躺在甲板上做日光浴，卻怎麼也讀不進半個字，腦海只有昨夜的春宵。

　　港口的建築，一如她學生時代如此熟悉窄長，此刻在她眼裡卻顯得陌生，並遭鹽分啃蝕斑斑。她在港口搭乘公共汽車，車子一如她學生時代破舊，車上擠滿窮人，廣播聲彷彿嘉年華一般吵鬧，但這天悶熱的正午，她感覺比以往還要難受，第一次，她討厭起乘客的煩躁心情，和他們身上如同馬廄的臭味。公有市場人聲鼎沸的商店，是她打幼時就當自家的地方，不到一個禮拜前，她還跟女兒來這裡採買而不感到害怕，此刻卻感覺置身加爾各答的巷弄般膽顫心驚，在這裡拾荒人群拿棍子互毆，破曉時分橫躺在人行道上的，分不清哪些是睡著，哪些已經歸天。到了獨立圓環那兒，她瞧見解放者的騎馬雕像，距豎立那天已三十載，這一天她才注意到那匹馬前蹄騰空，那把擊出的劍指向天空。

一踏進家門，她忐忑不安地問菲蘿梅娜，她不在的期間是不是有天降災難，怎麼籠子裡的鳥兒不鳴唱，內庭的盆栽，那些亞馬遜花卉、懸掛的蕨類和藍色藤蔓花環，全都消失無蹤。菲蘿梅娜是長年在家中工作的女僕，她提醒女主人，僕人們遵照她在出遠門前的叮嚀，把盆栽移到院子裡享受雨水的滋潤。然而，她遲了幾天才發現，改變的不是周遭的世界，而是她自己，一直以來，她從未注意四周的景物，而這一年從島上返家後，她才開始帶著數落的目光審視她的日常。

她不清楚自己改變的原因，但一定跟夾在她書中第一百一十六頁的那張二十塊鈔票有關。她對此煎熬不已，心中有股難忍的屈辱，不得片刻寧靜。她氣憤落淚，倍感挫折，因為她不知道那個男人是誰，無法追殺他玷污了一場美好的冒險回憶。在回程的渡海途中，她對於那場沒有愛的冒險感到心安理得，她認為這是她跟丈夫的各自私事，但她無法忽視那張芒刺在背的鈔票，恍若烈焰，不僅在她的皮包也在她的心底，熊熊燃燒。她不知道該把鈔票當作戰利品裱框，還是該銷燬，以袪除心中的恥辱。她唯一覺得恰當的做法是拿去花掉。

這一天終究還是毀了，菲蘿梅娜告訴她，她的丈夫下午兩點還沒起床。她不記得這情況發生過，除了幾次禮拜六他們徹夜未眠，禮拜天整天賴在床上。她發現他是頭痛而躺著休息。他沒拉上窗簾，午後兩點刺眼的陽光傾瀉在房間內。她拉上窗簾，準備溫柔地打聲招呼，不過一個陰鬱的念頭浮現腦海，便沒這麼做。她幾乎不加思索，問了他一個她自己最害怕的問題：

「你昨晚到哪兒去了？」

他詫異地看著她。這個問題，雖然在幸福的婚姻也會聽見，卻從未出現在他們的屋裡。因此，他與其說是不安，倒不如說是好奇，反過來問她：

「妳是指去哪兒？還是跟誰在一起？」

她提高戒心：

「什麼意思？」

但是他迴避她的挑釁，說他跟兩人的女兒米凱拉度過一個美好的爵士樂之夜。接著他改變話題：

「對了。」他說。「妳怎麼沒告訴我一切是否順利。」

她心生警覺，想著她不妥的問題，可能攪亂了他內心那個多疑的老頭子的餘燼。這個猜想嚇壞了她。

「跟以前差不多。」她說。

「旅館停電，早上蓮蓬頭沒水。」她撒謊。「所以我沒洗澡就回來，身上累積了兩天的汗水。不過風平浪靜，天氣涼爽，旅途中小睡了幾回。」

他一躍下床，走向浴室，身上只穿一條內褲，這是他平時睡覺的穿著。他體格魁梧、健美，散發一種俐落的美感。她跟在後面，兩人繼續在浴室說話，他在霧氣瀰漫的淋浴間，她坐在馬桶蓋上，就像兩人新婚那陣子一樣。她再次打開他們那個桀驁不馴的女兒的話題。她叫米凱拉，跟葬在小島上的外婆同個名字，她執意要當修女，卻又跟一個爵士樂名手談戀愛，對方比她稍微年長，兩人會通宵玩樂到天明。母親不懂她，這天下午更不懂她和父親去一間都是毒蟲音樂家的酒吧幹嘛。她的丈夫對她開了個愉快的玩笑：

「別告訴我，妳吃我們女兒的飛醋。」

如果她順口回聲「對」，或許能鬆一口氣，但是她即時發現，這天可不是破壞一場甜蜜對話的好日子。他在蓮蓬頭底下，哼唱起葛利格鋼琴協奏曲的開頭節拍，塗抹肥皂時，他猛然回頭：

「不進來嗎？」

她只有一個猶豫的理由，對於像她這麼一絲不苟的人來說，這個理由是重要的。

「我從昨天就沒洗澡。」她說。「滿身狗騷味。」

「多餘的藉口。」他說。「水舒服極了。」

於是她脫掉從小島上穿回來的蘇格蘭紋襯衫、牛仔褲和蕾絲內褲，丟進洗衣籃，然後鑽進淋浴間。他讓出蓮蓬頭下的位置，一如往常替她從雙腳到頭頂塗抹肥皂，還不忘繼續聊下去。

這不是什麼新鮮花招，他們還保留一些戀愛時的習慣，其中一個是洗鴛鴦浴。起先，他們一起洗澡，是因為兩人工作時間相同，他們沒上演那種老是爭吵誰先洗澡的戲碼，而是學會一起洗澡。他們濃情蜜意，為彼此塗抹肥皂，最後總是倒在浴室地板上的一張絲質軟墊上翻雲覆雨，那是她刻意買的，以免在乾柴烈火之際弄傷背部。

前三年，他們每天分秒不差，不是夜晚在床上，就是晨間在浴室裡，除了月事和分娩的神聖的歇息時刻。後來兩人及時察覺這變成一種日常作息，沒等對方同意，一致決定替他們的歡愛添加一絲冒險元素。有一段時間，他們經常上隨機挑選的汽車旅館，有比較豪華的也有破舊的，直到有一晚，有人持武器搶劫旅館，將他們剝個精光。她總會把保險套帶在皮包裡，以防突如其來的興致留下驚喜。直到他們偶然發現一個牌子上印有廣告：下次買路特期。自此好久一段時間，每次兩人歡愛都附上一句美妙的話語當獎賞，囊括淫穢的笑話到塞內卡的名言。

隨著養兒育女加上工作時間改變，兩人失去甜蜜相處的時光，但每一次他們都奮力找回來，往往是一次愉快的歡愛，甚至到銷魂蝕骨的地步。就算時間再難配合，他們還是想盡辦法找回新鮮感，直到繞了一整圈後，又回到淪為日常作息的原點。

他名叫多明尼克．阿馬利斯，是個五十四歲的男人，他才學卓絕、英俊瀟灑、溫文爾雅，擔任省音樂學院校長二十多年。除了崇高的大師地位，他還是沙龍裡眾人矚目的焦點，也是諷刺音樂的藝術家，懂得用蕭邦風格詮釋奧古斯汀．拉拉的波麗露舞曲，或者以拉赫曼尼諾夫的格調演奏古巴舞曲，挽救了一場派對。他曾是大學的全能冠軍：歌唱、游泳、演講、桌球。沒人比他更會說笑話，也沒人比他更懂得跳些罕見的舞蹈：行列舞、搖擺舞和阿帕希探戈。他是藝高人膽大的魔術師，在一次學院的晚宴席間，他在董事長掀開湯蓋準備食用那刻，從他的湯碗裡變出一隻活生生的、拍打翅膀的雞。沒聽說他會下棋，可是保羅．巴杜拉－史寇達就在某場盛大的音樂會落幕那晚，向他下戰帖，兩人廝殺到隔天早上九點，歷經十一場棋賽後平手。他玩笑大師的生涯險些毀於一旦，因為他說服賈西亞雙胞胎姊妹互換未婚夫，兩人差點就要和錯誤的對象共結連理。這是他最後一次捉弄他人，因為雙方的未婚夫和家族永遠都不原諒他。然而，安娜・瑪格達蓮娜習慣了他，成為他的化身，他們如此熟知彼此，終而合為一體。

他自認站在人生的顛峰，很有自己的想法。他一直認為，偉大音樂家的作品與他們的命運息息相關，並按部就班地鑽研音樂大師的音樂和作品，相信自己能證實這一點。他認為，布拉姆斯最出色的作品是他的小提琴協奏曲，他不懂他為什麼不繼續創作不同凡響的大提琴協奏曲，最後讓給了德弗札克去譜曲。他放棄了管弦樂團指揮的位置，不再聆聽錄製的音樂，他比較喜歡閱讀樂譜，這絕非是為了欣賞稀奇的版本，因為在他的省音樂學院推動的實驗性錄音室已經夠多了。

他的標準或許未經驗證，但他據此逐步寫下一本賞析音樂手冊，主張用比較人性化的新方式聆聽音樂，和用不同心境來詮釋音樂。他描寫三位大師級典範的章節已快完成：莫札特和舒伯特是天才，可惜一生短暫而不幸；還有蕭頌，他在人生黃金時刻，卻因騎腳踏車，命喪一場荒謬的車禍。

事實上，他們家唯一擔憂的是女兒米凱拉的行為舉止，她是個人見人愛的叛逆分子。她不斷說服父母，這個年代當修女已不同以往，她信誓旦旦在邁向第三個千年的破曉時刻，連禁欲最終都能投票決定。耐人尋味的是，父母親持不同意見，母親反對她的志向。對父親來說，這不是什麼大問題，反正家族已經有太多音樂家。安娜．瑪格達蓮娜本人曾希望學吹小喇叭，無奈未能如願。整個家族都會唱歌。至於他們的女兒，問題在於她養成當夜貓子的習慣，並樂在其中。這樣的情況，在她和黑白混血小喇叭手一起消失了整個週末之後，惡化為危機。他們不需要求助警察，因為整個放蕩不羈的年輕族群圈子都知道他們在哪裡。是的：他們就在小島上。她的母親嚇一大跳，不過慢了一拍。米凱拉試圖用獨特的消息安撫她，說她送了一朵玫瑰到外婆墳前。他們不知道這件事是真是假，母親完全不想查證。她只告訴女兒，她應該事先問她，因為有個原因她並不知道，於是對她說：

「外婆討厭玫瑰。」

多明尼克·阿馬利斯了解女兒的心情，但他忠於妻子，不想破壞她的威嚴，這件事如同類似的事件一樣最後遭到塵封。還好米凱拉讓步了，好幾個月時間，她不再週末徹夜不眠。她經常和家人用餐，一天聊上三個小時的電話，晚餐後關在房間裡看電影，電視傳來的尖叫和爆炸聲，讓屋子陷入漫長的驚魂夜。最讓她的父母大感意外的是，她在飯後閒聊間，表現出掌握當前文化現狀的脈動，並有一套成熟的看法。還有：在一次幸運的偶然中，她的母親發現她那些講不完的電話，不是打給爵士樂男友，而是赤足加爾默羅會的一個正式傳道師，她慶幸這個至少不算是最糟的情況。

就這樣，直到某天晚上，安娜．瑪格達蓮娜在晚餐席間，說出她害怕女兒帶著週末玩樂留下的種回來，米凱拉想安撫她，告訴了她一個好消息，說她早在十五歲那年，就讓一個醫生友人幫自己裝上了萬無一失的器具。她的母親從不敢嘗試那種先進的避孕器，氣昏了頭地對她破口大罵，深深擊中她的痛處：

「妓女！」

這一聲怒吼過後好幾天，屋內的空氣彷彿凝結了一樣。安娜．瑪格達蓮娜關在房裡，撕心裂肺地哭著，但倒不是怨恨女兒，而是羞於自己的莽撞。她傷心掉淚時，丈夫卻像空氣般不存在，因為他知道她落淚的原因在她心底，儘管不清楚那究竟是什麼。

她訝異於丈夫的憂慮，到最後，她歸咎於男人看待她的態度可能不再一樣。她一向受異性包圍，但是對他們冷漠無感，毫不眷戀地將他們拋到腦後。相反地，這一年她從島上回來後，感覺額頭上彷彿烙印了男人看得見的十字架，這個如此深愛她、也是她最愛的人不可能視而不見。他們倆曾是每天抽上兩包的長年老菸槍，因為愛情誓言，一起戒掉了。不過，她從島上返回後重拾抽菸的習慣，而他從菸灰缸的移位，從空氣清淨機默默除臭後仍殘留的菸味，以及從疏忽遺忘的菸蒂中，察覺到這件事。

她從小島上回來後，一切失序。她花了好幾個月還沒讀完波赫士、比奧伊・卡薩雷斯和奧坎波的《幻想之書》。她輾轉難眠，天濛濛發亮就到浴室抽菸，然後把菸蒂沖掉，而他五點醒來時，發現蒂頭浮在水面。她不單只是下床抽菸，相反，她抽菸是因為心煩意亂睡不著。有時，她會開燈閱讀短短幾分鐘，再熄燈，在床上翻來覆去，小心翼翼地別吵醒丈夫。直到他終於鼓起勇氣問：

「妳倒底哪根筋不對？」

她卻斷然回答：「我沒事。為什麼這麼問？」

「抱歉。」他對她說。「可是很難不發現妳判若兩人。」最後他以一貫的優雅下結論：「我是不是做錯什麼？」

「不知道，我根本沒注意。」她用丈夫再也熟悉不過的堅定語氣說。「或許你說得對。難道是因為米凱拉的魯莽？」

「在這之前就開始了。」他說，並大膽踏出最終一步：「妳從島上回來之後就這樣。」

七月開始轉熱之後，她感到胸口鬱悶，這種感覺要到她回去小島才會消失。這是漫長的一個月，因為忐忑不安，似乎拉得更長。這趟小旅行一向很簡單，就像禮拜日去海灘，但是這一年被恐懼占據，她害怕遇見她在心底唾棄的那位二十塊錢露水情人。她沒穿牛仔服，也沒提過去幾年的那只手提袋，她改穿兩件式亞麻套裝，腳踩金色涼鞋，收拾了一套正式套裝、一雙高跟鞋，和一件迷人的綠寶石飾品。她感覺自己重生了：一個全新和自信的自己。

3

一上岸，她就看見她那輛比以往都還破舊的計程車，但她決定改搭別輛裝有冷氣的新車。除了她的那間旅館，她對其他間一無所知，於是她交代司機載她到新的卡爾登飯店，她在前三趟旅行，見證這座恍若峭壁的金色玻璃建築，從雜草叢生的鐵皮屋之間冉冉升起。這時是八月中旬，要找到空房不太可能，但是飯店給她打了個大折扣，讓她能下榻在第十八樓的冷氣套房，從那兒可以俯瞰加勒比海的環形海平線、遼闊的湖泊，甚至是山巒的輪廓。住宿費要花掉她四成的老師薪餉，可是大廳明亮的採光、靜謐和春暖氣息、服務人員的殷勤，給她一種所需要的安全感。

從下午三點半抵達，到晚間八點下樓用餐，她始終無法平靜下來。飯店的花店的劍蘭在她眼裡似乎變得更鮮豔欲滴，但是貴上十倍，因此她就只能選擇前兩趟旅行的花販。花販第一個向她告知她反對為觀光客興建一座新墓園，據傳那兒會像座百花盛開的花園，還有湖岸的樂音和鳥兒相伴，但是只能直立下葬，以節省空間。

她在下午五點來到墓園，這個時間一如往年，陽光比較沒那麼毒辣。有幾座墳墓已經清空，路邊留有棺木殘塊，屍骨遺落在一堆堆生石灰之間。她在最後時刻急忙出門，忘了帶園藝手套，不得不用乾淨的雙手清除墳墓雜草，同時向母親傾訴一年來的大小事。唯一的好消息是，十二月她的兒子將在愛樂管弦樂團，擔任獨奏演出柴可夫斯基的《洛可可主題變奏曲》。她盡可能避談女兒的宗教志向，以維護女兒的名聲，因為這可不是她的母親會建議的一條路。最後，她一顆心揪成一團，向母親坦白去年的一夜情，她只把秘密告訴她，而且只在這一刻。她說，她不知道那人姓什叫啥，不知道他的來歷。她深深相信，母親會捎來她應允的信號，而她很快就等到了。她凝視盛開的木棉，片片的花瓣乘風而去；她望向天空、大海，和無邊的天際一架從邁阿密而來、延遲一個多小時抵達的飛機。

回到飯店時，她不禁因為衣況和覆蓋塵垢的頭髮深感難堪。她從去年以來就不曾上過美容院，因為她順其自然，留著一頭天生豐盈而蓬鬆的秀髮。此刻一名設計師迎上來接待她，他看起來驕傲自負、油嘴滑舌，他名叫葛斯頓，不過叫納西斯應該更合適，他對她的頭髮提出各種吸引人的建議，最後，替她打造了個貴婦人髮型，那種她在出席上流活動的夜晚，會毫不猶豫打理的髮型。一個媽媽級的美甲師給她塗上了香水乳液，保養那雙掃墓而慘不忍睹的手，她感覺舒服極了，承諾來年的同一天要再來換個風格。葛斯頓向她解釋，費用會加在飯店的帳單上，不過一成的小費要另外給。「多少錢？」

「二十塊錢。」葛斯頓說。

她渾身起雞皮疙瘩，這種不可思議的巧合，只可能是她所等待的來自母親的信號，以解除她那場一夜情的封印。她從手提包底拿出那張鈔票，一年來鈔票始終燙手，彷彿那位陌生情郎永不熄滅的焰火，此刻她歡欣地交給了美髮師。

「好好地用。」她開心對他說。「這可是皮肉錢。」

對安娜·瑪格達蓮娜·巴哈來說，這間豪華鋪張的飯店另有她費解的謎團。她點一根菸來抽，觸發了發出鈴聲和燈光的警報系統，接著一個嚴厲的聲音分別用三種語言告誡，她所在的房間是禁止抽菸的。她得尋求協助，才知道要用同一張開門的房卡，開啟電燈、電視、空調，以及環境音樂。他們教她使用電子鍵盤，調控圓形按摩浴缸的情色和水療效果。她興致勃勃，脫掉在墓園豔陽下汗濕的衣服，戴上浴帽保護髮型，享受漩渦泡沫浴。她開心極了，打電話回家，大聲對丈夫喊出真心話：

「你一定無法想像我有多想你。」

她欣喜若狂，把泡按摩浴缸的興奮感染給電話裡的丈夫。

「老天。」他說。「妳欠我一次嘗鮮機會。」

當她下樓吃晚餐，已經是八點。她本來想打電話點些東西果腹，這樣就不必穿衣打扮下樓，但是客房服務的費用，讓她決定省錢到咖啡館用餐。她一襲絲質露肩黑洋裝，裙長已褪流行，但和她的髮型搭配相宜。她感覺挖空的領口沒那麼好看，便戴上項鍊、耳環和假祖母綠戒指，除了能烘托氣質之外，也更增添雙眼的光彩。

她在咖啡館匆匆吃完火腿起司三明治配咖啡牛奶。她聽著觀光客的叫喊和刺耳的音樂，感到疲倦感襲來，決定返回房間重回三個月前開始閱讀的約翰·溫德姆的《恐怖的日子》。踏進前廳時，溫馨的氛圍又讓她重新打起精神，經過跳法式卡巴萊歌舞秀前，她注意有一對專業舞者正跳著《皇帝圓舞曲》，舞技十分精湛。她站在門邊陶醉不已，直到那對舞者表演結束，舞池湧進一般顧客。有個溫柔的男性嗓音在她的背後響起，離得非常近，將她從神遊中拉回：

「想一起跳舞嗎？」

他靠得那樣近，在聞到刮鬍霜的氣味後，她甚至嗅到一股淡淡的恐懼。這時，她回過頭看他，差點被奪去呼吸。

「抱歉。」她瞠目結舌地說。「我這身打扮不適合跳舞。」

他立刻回答：

「女士，您是衣服的主人呀。」

她對這句話留下深刻印象。她不自覺地伸手摸了摸身體，撫過剪裁俐落的領口、豐滿的胸部、裸露的臂膀，確認身體真的在她所感受到的位置上。這時，她再次回頭看他一眼，這回不是想認識聲音的主人，而是用那雙他所見過的最美麗的眼眸占據他。

「您真是個紳士。」她用愉悅的語氣說。「已經沒有男人會說這種話。」

這時他站到她身旁，伸出有氣無力的手，再一次向她默默邀舞。在這座島上，安娜．瑪格達蓮娜．巴哈是孤身的，是自由的，她像是攀住懸崖邊緣那樣，使盡全身的力氣抓住那隻手。他們跳了三首舊式華爾滋。才剛踏出幾個舞步，她便從他大膽嫻熟的舞技，推斷出他也是一名專業舞者，受聘來替觀光客帶動夜晚的熱鬧氣氛，她跟隨著他輕快轉圈，但隔著一個手臂的距離抓牢他。他盯著她的眼睛說：「您翩翩起舞的模樣像個藝術家。」她知道這句話沒錯，但這一刻她也知道，他可能會說這句話給任何一個想帶上床的女人聽。跳第二首華爾滋時，他企圖將她拉近貼緊自己，而她仍保持同樣的距離。他明白她的意思，於是更仔細地琢磨舞技，伸出指尖輕觸她的腰部，像捧著一朵花般領她跳舞。她回敬不相上下的舞技。到了第三首華爾滋半場，她已對他瞭若指掌，彷彿認識了他一輩子。

她未曾想像過，竟有如此俊俏的男人，會做如此老派的打扮。他膚色白皙，一對濃眉配上一雙炯炯有神的眼睛，一頭用髮膠壓得平整的烏玉般的頭髮，還有一條完美的中分髮線。他身穿一套生絲熱帶晚宴服，臀部貼身的剪裁，更加深給人的花花公子印象。他的全身上下，如同他的行為舉止，是那樣虛假，但是那雙熱烈的眼眸似乎滿溢著憐憫。

連跳幾首華爾滋末了，他沒說明也沒請求她允許，逕自領著她到一張較遠的桌位。這是沒有必要的：她早已料到這一切，也很開心他點了香檳。廳堂的燈光幽暗，營造一種奇妙的氛圍，給予每張桌位私密的空間。他們在接下來連續幾首騷莎舞曲稍作休息，欣賞舞者使出渾身解數，因為她知道他沒有事要跟她聊。時間飛逝。他們喝完半瓶香檳。騷莎舞在十一點結束，喇叭吹奏聲響起，宣布艾蓮娜．柏克的特別演出開始，她是波麗露舞曲之后，在這場成功的加勒比海巡迴之行，獻出獨一無二的演出，而且僅此一晚。她就這樣頂著燦爛的燈光，現身在一片歡聲雷動中。

安娜．瑪格達蓮娜估計他不超過三十歲，因為他沒有隨波麗露舞曲起舞。她神態自若，帶領著他，而他跟上了步伐。她和他保持距離，這一次不是基於端莊，而是不想讓他輕易察覺，她的血液因為香檳的催化而沸騰著。但是他逼她就範，一開始動作輕柔，接下來擱在她腰部的那隻手使盡全力。這時她發現，他要她感覺到，他在她的大腿劃分地盤。她感覺膝蓋發軟，暗暗咒罵血管裡奔騰的血液，還有熱燙的呼氣。然而，她成功克制，並婉拒第二瓶香檳。他想必是注意到了，因而改邀她到沙灘上散步。她掩飾她的不悅，輕佻的語氣流露憐憫：

「您可知道我幾歲了？」

「我看不出您的年紀。」他說。「您能決定自己想要的年紀。」

他還沒說完話，她已覺得受夠虛言謊語，決定把自己推向進退兩難的處境：要就現在，否則永遠不要。

「抱歉。」她邊說邊站起來。「我得走了。」

他跳了起來，一頭霧水：

「怎麼了？」

「我得走了。」她說。「我不善喝香檳。」

他渾然不解其意，又提議其他節目，或許他不知道女人一旦想離開，沒有任何人類或天神的力量能阻擋她。最後他投降了。

「能讓我送您嗎？」

「不用麻煩。」她說。「很感謝，這真是個難忘的夜晚。」

當她進到電梯裡，已經悔恨交加。她感覺一股對自己的恨意兇猛撲來。但是她做了該做的事，覺得欣慰和開心。她踏進房間，脫掉鞋子，倒在床上躺平，點燃一根菸。火警鈴聲響起。幾乎同個時間，門口傳來敲門聲，她暗暗咒罵這間飯店的規定緊咬著旅客，就連坐在馬桶上享受私密空間時也肯定不放過。但是敲門的不是飯店人員，而是他。他站在昏暗的走廊上，像是博物館裡的一尊蠟像。她握著房門的喇叭鎖，不帶一絲憐惜地確認是他沒錯，最後讓了路給他。他踏進去，彷彿回到家那樣自若。

「請我喝點東西吧。」他說。

「您自己來。」她說，沒有半絲緊張。「我壓根兒不知道這個房間怎麼運作。」

相反地，他卻一清二楚。他調暗燈光，打開環境音樂，倒了兩杯小冰箱裡的香檳，流暢的動作彷彿舞臺監督。她加入遊戲，不是以自己的身分，而是參演的角色。當他們舉杯敬酒時，電話響起。她接起電話。一名飯店保全主管相當體貼地提醒她，若沒在櫃檯登記入住，午夜過後，不能留在房間裡。

「不用跟我解釋。」她困窘地打斷他。「請您原諒。」

她脹紅臉，掛斷了電話。而他彷彿沒聽到那提醒，找個簡單的理由解套。「他們是摩門教徒吧。」他不再拐彎抹角，邀她到沙灘上，欣賞再一個小時又十五分鐘內將出現的月全蝕。這對她來說可是新鮮事。她像孩子般著迷日蝕和月蝕，可是她一整晚都在禮俗和欲望之間掙扎，找不到下決定的有力理由。

「我們逃不了。」他說。「這是我們的命運。」

這句超乎自然的懇求，消除了她的疑慮。因此，他們搭乘他的豪華的休旅車，相偕去看月蝕，抵達了一處隱藏在一座椰子樹林裡的小海灣，那兒不見任何觀光客蹤影。在地平線那一端，可以望見遠方城鎮的光芒，清朗的夜空滿天星斗，一彎孤單的明月高掛著，散發憂傷的氣息。他把車子停在椰子樹的遮蔽下，脫下鞋子，解開安全帶，放平座位放鬆。這時，她才注意到休旅車只有兩個前座，按下鈕，就能變成床。其他還有一個迷你冰箱，一組播放法斯托·帕佩提的薩克斯風演奏的音響，一張胭脂紅掛簾隔開一個迷你浴室和手提便盆。於是她恍然大悟。

「不會有月蝕。」她說。

他肯定了她剛說的話。

「不會有的。」她說。「月蝕只可能在月圓時發生，現在是上弦月。」

他面不改色。

「那麼可能是日蝕吧。」他說。「我們要等更久。」

他們拋下了世俗禮節。兩人都心知肚明接下來會發生什麼，而她知道，這是從他們跳第一支波麗露舞之後，能從他身上期待的唯一不同。她驚喜的是，他恍若舞臺魔術師，技巧出神入化，他用指尖剝光她的衣服，一件接著一件，幾乎沒有碰觸到她，就像剝洋蔥一般。第一回合，她痛得快暈死，猛力的推進襲來，她像頭被撕裂的牛犢。她喘不過氣，渾身覆蓋冰涼的汗水，但是她憑藉原始的本能緊抓住感覺，比他更享受其中，他們倆在一股強烈又柔情似水的力量推送下，一起奔向難以想像的狂喜。她從不想知道他是誰，或去費心打探，直到這個狂野之夜過後大約三年，她在電視上認出他的人頭照，加勒比海警察正在追緝他，這個可悲的吸血鬼是個詐欺犯，專找不甘寂寞的寡婦下手，其中有兩人香消玉殞，可能早已死於他的毒手。

4

隔年，安娜·瑪格達蓮娜·巴哈在前往小島的渡輪上，遇見她這一年的命定情郎。當時就快要下雨，海象簡直像是到了十月，待在室外不是個明智的選擇。啟航之後，一支加勒比海樂隊開始演奏，一群德國遊客跟著起舞，一直跳到船隻靠岸。早上十一點，她踏進空蕩蕩的飯廳，尋找片刻寧靜，好專心讀雷·布萊伯利的《火星紀事》。正當她潛心閱讀，卻被某個尖叫聲半途打斷：

「這是我最快樂的一天！」

阿基雷斯·克羅那多是名深具權威的律師，是她學生時代以來的朋友，也是她女兒的教父，他張開雙臂，沿著走廊踏來，踩著大猩猩般沉重的腳步。他把她攔腰舉起，吻得她透不過氣來。他的示好太過浮誇，恐怕引人猜疑，但是她知道他的欣喜若狂是真心誠意的。她回以同樣喜悅的心情，讓他在她的身邊坐下來。

「真是太好啦。」他說。「我們總算不是只能在婚禮和葬禮上見面。」

事實上，他們已經三年不見，她特別有所感悟，以至於她驚駭地發現，他們倆都不敢置信會遇見對方。他還保有格鬥戰士的氣魄，但是已經有一身發皺的皮囊，和厚實有肉的、文藝復興時期的雙下巴，以及一頭被海風撫起的淡黃髮絲。他們在中學認識，那時他已經是個獵愛高手，但當時他的大膽行徑頂多是下午六點躲進廉價的電影院。然而，他締結了一樁財富婚姻，藉此獲得超出一輩子靠《民法》所能積攢的名聲和金錢。

他唯一鎩羽而歸的對象，就是安娜·瑪格達蓮娜·巴哈，十五歲那年，她已擋下他企圖追求的第一步。他們各自結婚生子後，他卻重新展開猛烈攻勢，而且色膽包天，不談感情，只想拐她上床。她採取絕招，那就是置之不理，不過他鍥而不捨，甚至用鮮花塞滿她的家，寄給她兩封熱情如火的信，並打動了她。然而，她堅定立場，不想破壞兩人一輩子的美好友誼。

他們倆在船上重逢，他的外貌看不到歲月摧殘，沒有人比得上他保養得宜。她在碼頭上向他道別，因為他僅有一點時間去做該做的事，好趕上下午四點的回程渡輪。她鬆了一口氣。她無時無刻都在巴望這個再度到來的八月十六日，並得到不容置疑的教訓：她等了整整一年，只為了拿下半輩子來賭一夜情的機緣，這實在荒謬。但她確信，她的第一回冒險是因緣際會，而她選擇抓住這個機會，第二回卻是她被選中。第一回的經驗極差，因為那張二十塊錢鈔票留下了苦澀的滋味。相反地，第二回的超凡喜悅像是一次燃爆，在她的體內留下火種，害她連三天只能敷濕布和坐浴。

至於旅館，當然還是習慣的那間最好，比較符合她的預算也比較熟悉，但風險是大家都認得她。第二年下榻的那間旅館看似搶眼的現代風，結果根本是中世紀的道德主義風。無論如何，在一間氣派的飯店裡穿搭錯誤夜晚的裝扮，只可能招致一夜露水情郎留給她一百塊鈔票，而不止是二十塊錢。因此，第三次她決定當回自己，重拾她的打扮風格，掌握挑選的自由，而不是任由運氣擺布。她憶起第一個情郎時，已能稍微看開，因為當時的自己還不夠世故。她感覺她的創傷已經開始結痂，她由衷期待能再遇到他，和他上床，這一次她不再戰戰兢兢，不再手足無措，有過兩段一夜情經驗，她充滿自信。

她在另一位計程車司機的幫忙下，挑選了一間坐落在扁桃樹林中的、樸素的小木屋旅館，那兒有一座寬闊的舞池，周邊圍繞著餐桌，還貼著一張海報，盛大宣傳偉大的古巴女歌手西莉亞·克魯茲的特別演出。她下榻的小屋相當隱密，空間通風，床鋪舒適，就算睡三個人也沒問題，位置在樹林間，真是再好也不過。她的心撲通撲通跳，一想到能和情郎纏綿到黎明，實在心癢難忍。

墓園依然細雨綿綿。她發現，所有墳墓的雜草都已清除乾淨，小徑平整，無主的棺材和骸骨殘塊也都移除。她向母親傾訴，儘管市政府財政困窘，丈夫在音樂學院仍過了風光的一年，兒子在管弦樂隊一帆風順，以及她怎麼努力也阻擋不了女兒進修道院。

返回旅館的路上，她在一間觀光商店看到一件來自瓦哈卡的美麗的刺繡洋裝，覺得很適合夜晚外出時穿。她感覺她是自己唯一的主人。她順利讀完《火星紀事》的第三篇故事，打電話給丈夫，兩人開了一些情人之間的玩笑。她沐浴完畢，望著鏡中穿上刺繡洋裝的自己，彷彿阿茲特克皇后那樣美麗而自由，不過腳上的漆皮鞋子除外。

她心想，要搭配這件夜晚的衣裳，最恰當的應該是打赤腳，但是她沒有勇氣。就這樣，她帶著這樣的沮喪去了舞池，但是對自己的一夜情機緣有信心。

扁桃樹林掛著彩燈花環，頗有耶誕氣氛，舞池上擠滿各路年輕人、穿上節慶黑洋裝的金髮女郎，以及認命的老夫老妻。她坐在一張較遠的桌位，全神貫注，這時有人從她背後伸出手遮住她的雙眼。她心情大好，觸摸那雙手，摸到左手腕的厚實手錶和無名指的婚戒時，認出來這人是誰，但她不敢貿然喊出名字。

「我投降。」她說。

來人是阿基雷斯·克羅那多。他迫不得已得延到隔天回家，但他認為，既然他們兩人都隻身在島上，卻各自吃晚餐，這似乎不對。他不知道她投宿哪間旅館，但是她的丈夫在電話上說，他很高興他們能一起用餐，並告知她的旅館。

「我們告別後，我還是一刻都無法平靜，所以我來了。」他開心地下結論。「這是我們的夜晚。」

她感覺世界在她的腳下天崩地裂，但還是努力保持鎮定。

「你在船上看起來完美無比。」她對他用一種精算過的玩笑語氣說。「看來，你隨著年紀變得成熟睿智。」

「沒錯。」他說。「但別以為我很高興這樣。」

她不想喝香檳。她推說她吃完渡輪上的午餐後，不僅頭痛，還感到冰涼的噁心感湧至喉嚨。他點了雙份威士忌加冰塊。她僅吞下一顆阿斯匹靈，當作是在服毒。

一支三人樂隊開始演奏龐丘三重唱的歌曲，揭開了節目的序幕。沒有人注意他們的演出，阿基雷斯·克羅那多更是心不在焉。他很快樂，重新燃起自青少年時期就在他體內滋長的熱情，他和妻子在漆黑中溫存時，縈繞在腦海的都是安娜．瑪格達蓮娜．巴哈的倩影。他知道自己酒量差，只要接連兩杯威士忌下肚，他就會無可救藥地墜入懸崖，而她會丟下他往下墜。他知道她永遠都不會施捨一點憐憫，不可能取悅他，但他哀求她只要上床一分鐘，只要一分鐘就好，讓他親吻衣衫整齊的她。她不知怎麼回答，於是說：

「教父母之間發生這種事，可是滔天大罪。」

「我是認真的。」他說，感覺被她的玩笑傷害，於是敲了桌子。

「混帳！」

她不敢直視他的眼睛，但已從他的聲音確定她所感覺到的：他正在嚎啕大哭。這時，她不發一語起身，返回了房間，倒在床上，生氣地哭了起來。

當她平復心情，已經過了午夜十二點。她覺得頭痛，但更痛的是平白損失了這一夜。她稍微整理儀容，準備下樓去找回她的夜晚。她喝了杯加蘇打水的琴酒，坐在酒吧裡一張面對花園的凳子上，遊客已在凌晨紛紛離去，此刻空蕩蕩一片。來了一個雌雄難辨的人，戴著黃金鍊子和手環，頂著金髮，有一身恰似人工打造的肌肉，和塗抹防曬膏的泛紅皮膚。他在吧臺邊啜飲一種螢光飲料。她問自己有沒有膽對酒保眉來眼去，他年輕而身材也不錯，但她回答自己沒有。她又問自己有沒有膽到街上攔車，直到遇到一個能促成她八月良緣的人，答案也一樣：沒有。損失這一晚就是損失一年，可是這時是凌晨三點，注定無法挽回：她已失去。

她跟丈夫的關係在這三年出現明顯的變化，她會根據每次從島上返家後的心境來詮釋。那個二十塊錢的男人，留給她苦澀的回憶，讓她張大眼睛看清自己的婚姻，在此之前，婚姻是建立在傳統的幸福之上，她會避開不想面對的不合，當作藏在地毯下的垃圾視而不見。那是他們最快樂的一段時光。他們心有靈犀，互笑調皮行徑，像是青少年男女那樣驚天動地地做愛。

他們的女兒的命運終於塵埃落定，過程從容而簡單。他們替她舉辦一個小型的私密道別晚會，邀請那個爵士樂手和他的新女友前來。多明尼克和樂手一見如故，兩人以非常個人的方式，就地比較以鋼琴和薩克斯風演奏巴爾托克的曲子的差異。

他們在修道院的一場例行彌撒中，將女兒交給赤足加爾默爾修會。安娜·瑪格達蓮娜和丈夫一身彷彿參加喪禮的打扮，而米凱拉遲到一個小時，通宵沒睡，穿著母親的刺繡洋裝，和一如往常的網球鞋，手提一箱化妝用具，和一張她在最後一刻收到的范·莫里森的專輯禮物。神父幾乎只是個毛頭小伙子，他的膚色像罹患肝病一般蠟黃，一條胳膊裹著石膏，他怕米凱拉其實還不太確定自己的志向，因此以輕鬆的言語，給她一個最後能夠反悔的機會。安娜·瑪格達蓮娜希望送給女兒離別的淚水，無奈在這樣保守的場地，實在難以辦到。

第三次小島行之後，她的生活發生變化。返家後，安娜·瑪格達蓮娜感覺丈夫開始打探她在島上的夜晚。這是他第一次想知道她見了誰。她可以說出她和阿基雷斯·克羅那多不期而遇的完整經過，畢竟她的丈夫早知道他老來瘋的窮追猛打，但是她點到為止，不給他其他可能的理由，繼續想像她在島上的其他夜晚。

他們的魚水之歡變了。多明尼克在床上變得意興闌珊和魂不守舍，不再挑逗誘惑和精力充沛。她清楚這無關年紀，而是丈夫對她在島上的夜晚心生猜疑。但再仔細一想，她便推翻這個可能，轉而開始思索是丈夫在外頭偷吃。

安娜．瑪格達蓮娜習慣了他，成為他的化身；他也一樣熟知她，兩人彷彿合為一體。婚前，大家叮嚀她千萬小心未婚夫的本性，特別要小心他挑逗的功夫，和他無可匹敵的魅力，尤其他對音樂學校的女學生不安分，但是她不理會流言蜚語，也不讓疑慮作祟。然而，就在忙完訂婚之後，她還是忍不住向他問起這件事，而他當然全盤否認。他用開玩笑的語氣說自己是處男，但說得鏗鏘有力，於是她抱著這是真話的幻想踏入婚姻。她堅信不疑，一直到女兒出世前不久，有一個好些年不見的學生時代女性朋友，在一間公廁問她，她是怎麼讓她的丈夫和青少年時代的女友分手。她毫不遲疑地打斷她的問題，不僅把她掃出她的生活，更和原本就保持一定距離的好朋友，保持更疏遠的距離。

當時，她信任丈夫的理由是不容置疑的。儘管剩不到兩個月就要臨盆，他們可絲毫都沒降低歡愛的頻率或火熱度。因此，就生理方面來說，他在滿足她在懷孕期熾熱的慾火後，不可能還有餘力花在別人的床上。然而，流言蜚語縈繞不去，她只好捧著燙手山芋到他面前，使出撒手鐧：

「不管我聽到什麼關於你的謠言，都要怪你自作孽。」

自此沒有其他意外插曲，直到第三趟旅行回來，她懷疑丈夫騙她，但刻意忽視燃起的妒火。跡象相當明顯。多明尼克從音樂學院下班後，在外逗留的時間越來越久，回到家後沒跟任何人打招呼，逕自走到浴室灑香水，用平常熟悉的香味掩蓋任何其他的氣味，雖然沒人問，卻自行交代去了哪裡、做了什麼、和誰在一起，一連串過於精確的解釋。有一晚，在一場丈夫出盡鋒頭的社交晚宴後，她決定要他澄清。他正躺在床上讀《女人皆如此》的樂譜。她剛讀完在島上開始讀的《恐怖部》；她關掉身旁的燈，沒有道晚安，轉過身去對著牆壁。

他打趣說：

「夫人，晚安。」

她發現自己竟漏了例行儀式，於是趕忙修正。

「噢，親愛的，抱歉。」她說，然後給他一個照常的晚安吻。他低聲哼歌，不想吵她。

突然間，背對著的她開口說：

「多明尼克，這輩子就這麼一次，跟我老實說吧。」

他知道，她若是喊他的名字，那代表山雨欲來，於是他急忙以慣有的冷靜說：

「什麼事？」

她也急著回答：

「你對我不忠多少次？」

「不忠，從來沒有過。」他說。「但是如果妳想知道的是，我是不是跟誰上床，妳早在很多年前就警告過我，說妳不想知道。」

還有：他們新婚之際，她曾對他說過，她不在乎他是否跟其他女人上床，只要對象不是同一個就好，也就是只能一次。但是到了真相揭露的時刻卻又不認帳。

「那是當時說說的話。」她說。「但千萬別認真。」

「如果我否認，我有把握妳一定不相信。」他說。「如果我承認，妳肯定受不了。我們該怎麼做才好？」

她知道男人想否認時不會拐彎抹角，所以她搶先一步問：

「那位幸運兒是誰？」

他從容自如地說：

「一個紐約的女人。」

她開始拉高音量：

「到底是誰？」

「一個中國女人。」他說。

她感覺心揪成一團，後悔不該挑起這樣無謂的痛苦，但是她決定打破砂鍋問到底。對他來說卻是相反，整件事最糟糕的部分已經攤開，即使心不甘情不願，也只能一五一十托出。

那是大約十二年前的華格納音樂節週末，發生在他和他的管弦樂團下榻的紐約旅館。中國女人是北京管弦樂團的第一小提琴手，和他住在同一個樓層。他坦承這場豔遇後，安娜．瑪格達蓮娜彷彿遭剝皮一般痛苦不堪。她想殺了他們兩個，不是慈悲的一槍，而是用切肉機，將他們慢慢地切成一片片的薄肉。但是她忍著傷痛，又問了一個她好奇的問題：

「你付她錢？」

他否認，因為她不是個妓女。她不肯罷休。

「如果她是妓女，你會付她多少錢？」

他認真思索，不知該怎麼回答。

「別裝傻。」她憤怒大吼：「你想誆我？男人會不知道要付多少給一個旅館妓女？」

他是老實的。

「聽著，我不知道。」他說。「況且她是個中國女人。」

這一刻，她帶著難以忍受的憂慮逼問他。

「那麼，如果她對你溫柔體貼，如果你想留給她一個美好的紀念，你會在一本書裡放多少錢？」

「書？」他訝異地說。「妓女不看書的。」

「混帳，回答我的話。」她說，努力不讓自己失去控制。「如果你以為她是妓女，你在離開前不想吵醒她，會留下多少錢給她？」

「我怎麼知道。」

「二十塊美金？」

他感覺自己陷入在這個問題的迷霧中。

「我不知道。」他說。「若是以十二年前的物價，恐怕要很多錢吧。」

她閉上雙眼，調整呼吸，不想讓丈夫輕易發覺她的怒火，於是出其不意地問他：

「你是躺著幹那檔事？」

他忍不住笑了出來，她也跟著笑了。但是她猛然停止，不得不閉上雙眼，直到忍住眼淚。

「我笑了。」她說，舉起手放在胸口。「但是我不想要你跟我這裡的感受一樣。這是心灰意冷。」

他試著哼首自編的曲子，好捱過這個不愉快的時刻。她費了好一番勁兒想入睡，無奈輾轉難眠。最後，她大聲發洩，要他就算睡著也得聽清楚。

「混帳。」她說。「天下的男人都一個樣：都是屎。」

他只能嚥下她的怨怒。他願意不惜代價發重誓，只為澆熄那怒火，但是他從學到的人生教訓中知道，當一個女人的話已說盡，再多說什麼都是枉然。因此，他們不再談這件事，不管是這一刻還是往後。

5

再隔一年的八月十六口夜晚，命運已為她作好了安排。她發現小島上一片鬧烘烘，遊客從世界各地前來共襄盛舉，旅館連一個房間都難求，沙灘上滿布季節性商店和露營車。她花了兩個小時，還是找不到可以過夜的地方，於是她去了她遺忘的議員旅館，那兒已經整修翻新，環境整潔，房價昂貴許多，但是沒有半個早期的員工。

她不知道能找誰安排房間。而且：有個外表體面的旅客正氣沖沖地抗議，因為他明明兩度確認預訂，此刻卻沒出現在名單上。他有一種校長的冷靜沉著，講話慢條斯理，嗓音輕柔，還有罵人不帶髒字的高明本領。櫃檯唯一的接待員正在打電話，幫他在其他旅館找房間。這位旅客急於抒發怒氣，於是對安娜．瑪格達蓮娜說：「這座小島一團亂。」然後給她看他經過確認的正式預訂單。她沒戴眼鏡，看不清楚內容，但是她能理解他的憤怒。最後，接待員打斷他們，捎來成功幫他找到空房間的消息，旅館雖然是兩星級，卻乾淨而且坐落在極佳的地點。安娜．瑪格達蓮娜趕忙問：

「還有沒有一間給我呢？」

接待員幫她打電話詢問，無奈已經沒有。於是這位旅客左手提起他的行李箱，另一手勾住安娜．瑪格達蓮娜的手臂，這種不尋常的親暱對她來說有些踰矩。

「跟我一起來吧。」他對她說。「我們到那裡再看看。」

她搭乘他駕駛的新車，直驅湖泊的另一頭。他說他喜歡議員旅館。

「我也喜歡。」她回答。「因為湖光山色。看來旅館經過重新翻修。」

「兩年前。」他說。

她發現他是島上的常客，於是告訴他，自己也從幾年前開始來這裡，去她母親的墳前獻上一束劍蘭。

「劍蘭？」他詫異地問，因為他沒聽說島上有這種花。「我以為在荷蘭才有。」

「那是鬱金香。」她指出。

她向他解釋，劍蘭不常見，但是有人在島上種植，成功在沿岸一帶和內陸的其他村落打響花該有的名聲。對她來說，這種花別具意義，如果當天沒花，她一定會要人種出來。

開始下起綿綿細雨，但似乎不會下太久。他可不覺得，因為他認為八月的天氣永遠變化莫測。他將她從頭到腳打量一遍，覺得那身搭船的服裝過於輕便，要去墓園肯定要多添一點。但是她要他不用擔心：她已經習慣。

抵達旅館前，他們得先繞過湖泊，才能來到窮人村的入口。旅館十分破舊，當然也是個不要求確認身分的二流地方。當旅館交給他鑰匙時，他說要兩個房間。

「抱歉。」門房一頭霧水說。「你們不是一起來的？」

「她是我太太。」這位旅客以天生的優雅說。「但衛生習慣不同，我們是分開睡的。」

她跟著一搭一唱：

「隔得越遠越好。」

門房承認，房間的床鋪確實不夠寬，但是可以再加一張床。他開始不置可否，但是她將他拉出迷霧。

「如果您聽過他打呼，就不會這麼提議了。」她對門房說。

門房道了歉，檢視掛在木板上的鑰匙，這時兩人為她的調皮行徑歡呼，最後門房說他可以安排另一間房，可是在不同樓層，也沒有湖景：分別是二樓和四樓。他們搭電梯上樓，沒有行李員跟隨，因為他們都只有手提行李，她非常感激分到二樓，也很開心認識一位這麼體貼的紳士。

房間空間窄小，掛有那種船艙的垂簾，但是擺著一張可以睡上三個人的床鋪，這似乎是島上的特色。她打開窗戶，讓房內沉悶的空氣流通，直到這一刻，她才感覺到自己有多麼想念自由的八月花束和湖泊的大藍鷺。雨依然下個不停，但是她相信，雨勢應該會在六點以前暫歇，好讓她能去墓園。

是這樣沒錯，但她花了一個多小時尋找劍蘭，才在教堂對面的花攤找到。她搭乘的計程車沒辦法開到山頂的墓園，因為攀繞而上的山徑路況不佳，司機只答應在一個拐彎處等她回來。突然間，她意識到她在十一月二十五日就要滿五十歲，這也是她最害怕的年紀，距她的母親去世的歲數沒幾年。她和幾年前模樣差不多，等待放晴的同時，她傷心地哭了，跟最初來墳塚獻上第一束花時一樣哭著。但是她的哭聲似乎平息了上天的壞心情。突然間雨過天晴，她把花束擺到墳前。

她返回旅館時，全身泥巴、心情低落，她相信自己又錯過了這一年，她不認為今晚有機會覓得一段露水情緣，或者到海濱步道上攔車，因為雨水把那兒化成一片可怕的爛泥。一切都沒變。沒有蓮蓬頭的水流很弱，她淋著細小的水柱塗抹香皂，感覺孤單寂寞，而且沒有善良的男人在側，於是又哭了起來。但是她不想認輸：她無論如何都要出門，看看能在這個餓狼之夜尋得什麼。她晾好衣服，把書放在桌上。那是丹尼爾·笛福的《大疫年紀事》，在等待上酒吧時間到來之前，她打開書來閱讀。但她感覺一切似乎在冥冥中自有安排，就是要讓她不開心。淋浴間細小的水柱，更讓她覺得自己境遇淒涼，她感到一股對丈夫的恨意竄來，猛烈而冰冷，不禁發起抖來，甚至嚇了一大跳。當她決定屈服於命運不幸的安排，準備在這個悲慘的黑夜孤單入睡，電話鈴聲突然響起。

「哈囉。」愉悅的聲音傳來，她立刻認出來者是誰。「我是妳四樓的朋友。」接著他轉換語調又說。「我還在等回覆，即使只是個同情的答案也好。」沉默好一會兒過後，他問：「妳沒收到花？」

她滿頭霧水。正當她準備開口詢問時，瞥見一束嬌豔的劍蘭，被人隨便擺在梳妝臺旁的一張椅子上。電話中的男人解釋，他是在跟客戶開會的旅館，湊巧發現這束花，很自然地，他覺得該把花送到她的母親墳前。她沒發現花是什麼時候送來的，因為她當時在墓園裡，但如果老早就擺在那兒，也不會太突兀。霎時，他像是不經意地開口問：

「要去哪兒吃晚餐？」

「我還沒想這件事。」她說。

「不打緊。」他說。「我等妳下來一起想。」

這會不會又是另一個挫敗的夜晚？她心想，他該不會是另一個阿基雷斯吧？不行。

「可惜。」她說。「我今晚已經另有約會了。」

「的確很可惜。」他說，真的感到難過。

「下回吧。」她說。

她在鏡子前整理儀容。她考慮過之前和阿基雷斯·克羅那多度過悲慘夜晚的地點，但是雨勢加劇，湖面還傳來颯颯風聲。可是她對自己猛然大吼：「老天哪！我怎麼那麼蠢！」

她奔到電話旁，打給四樓房間的男子，這般急不可待，恐怕她之後會感到羞愧。

「真幸運！」她開門見山說。「因為下雨，約會剛剛取消了。」

「應該是我感到幸運，夫人。」他說。

她一刻也不遲疑。而她沒猜錯：這是個難忘的夜晚。只不過沒有安娜．瑪格達蓮娜．巴哈所能想像的那般難忘。她刻意多花了些時間打扮，對方一身正式打扮在電梯口等她，一襲絲質夏季襯衫、一條亞麻褲子、腳上一雙白色莫卡辛鞋。她承認他給人的第一印象很迷人，她盡可能地裝出沒注意到這件事。他帶著她前往一間遠離遊客出沒的餐廳，就在一片燈火熒熒的高大扁桃樹林下，還有一支讓人彷彿置身夢境的伴舞樂隊。他英風凜凜地踏進餐廳，受到熱烈接待，彷佛是多年的老顧客，他也當作自己就是。他的舉手投足在這個榮光滿載的夜晚更顯優雅。他剛灑上的古龍水，他令人愉悅的暢談，讓他全身上下散發一種個人魅力，但是她有點茫然，因為他的言語，除了用來說話之外，好像也隱藏著什麼秘密。

她訝異的是，他的酒量不佳，他等她先挑選完常喝的琴酒，再替自己隨便點了一杯威士忌，結果整個晚上他連一口都沒嚐。他不抽菸，但是有一盒專給他人抽的黃金埃及雪茄。他對點餐藝術不在行，因此交給服務生替他們決定。不過最讓人驚訝的是，他的這些弱點與短絀，都無損他一丁點魅力，即使她沒聽懂他脫口而出的兩、三個簡單笑話，因為過於拙劣，她卻基於禮貌不得不乾笑。

當管弦樂隊奏起一首改編自柯普蘭樂曲的舞曲，他坦承自己是個音癡，所以沒特別注意，不過既然她邀他共舞，他願意鼓起勇氣踏出去。他沒踩對半個步伐，不過有她從中巧妙帶領，他應是覺得靠的是自己的本領。最後，她感到乏味無趣，開始咒罵自己軟弱，尤其是看到一個她閉著眼睛也會選擇的男人走過去，她約會的對象是個正人君子，除了跳舞外，不可能會踏錯半步。她感到自在，受到盛情款待，然而這是一個不會開花結果的夜晚。

他們一吃完甜點，他就帶她回旅館，他默默地開車，專注凝視那一片在魔幻月光下沉睡的大海。她沒打斷他。這時已經是晚上十一點十分，旅館的酒吧應該已打烊。她感到憤恨難平的是，她沒有理由怪罪約會對象，因為他唯一的錯在於沒有試圖誘引她：讚美她有雙炯炯有神的獅子眼眸、豐潤的嘴唇，或是她的音樂涵養。

他把車子停在旅館院子，送她搭電梯到房間門口，一路上默默無語。她打不開房門，他拿走她手中的鑰匙，手指一轉開了門，未受邀請也未經允許，像回到自己的家那般，踏了進去，然後躺平在床上，發出一聲來自靈魂深處的嘆息。

「這是我命中注定之夜！」

安娜．瑪格達蓮娜呆若木雞，她杵在原處不知該做什麼，直到他默默伸過手來。她也伸出她的手，在他的身旁躺下來，聽著他的心跳發愣。這時，他給她一個單純的吻，深深撼動她的靈魂，然後他繼續灑下他的吻，同時那手指彷彿開始施展神乎其技，剝掉她一件又一件衣服，直到雙雙墜入快樂的深淵。

安娜．瑪格達蓮娜在破曉朦朧中醒來，她感覺不到自己的存在。她不知道置身何方、和誰在一起，直到瞥見身旁赤身裸體的男子，他仰躺睡著，雙手交叉放在胸前，好似嬰兒躺在搖籃中呼吸。她伸出食指，輕輕撫弄那具古銅膚色軀體的一頭鬈髮。這不是一具年輕的肉體，但是保養得宜，此刻他閉著眼享受那輕撫，展現如同昨晚的驚人自制力，直到春心蕩漾。

「現在認真說。」他忽地開口問。「妳叫什麼名字？」

她立即想了個名字。

「蓓蓓。」

「那是被母牛踐踏殉道的可憐女聖人。」他立刻回答。

她十分訝異，問他怎麼會知道。

「我是主教。」他說。

她感到天崩地裂，全身不住顫慄。她飛快地回想晚餐，他精雕細琢的措辭，他保守的品味，找不到任何能懷疑他的回答的破綻。而且，這確實肯定了她在晚餐席間對他的看法。他發覺她目瞪口呆，於是睜開了眼睛，好奇問她：

「妳對我們有什麼意見？」

「對誰？」

「主教。」

他說完他的笑話，縱聲大笑，但馬上明白這是品味極差的侮辱，於是在她的身體灑下長長一串悔罪的吻。或許是出於補贖，他告訴她他目前人生的其中一個版本。他有不同工作，沒有固定住所，因為本業是替一間位在古拉索島的公司推銷海上保險，他每年會來這座小島幾次。起先，她無從招架他的舌粲蓮花，但接著她的理智占了上風，因為一夜快活了三次，此刻時間已經拖得太晚。

「我快趕不上船班了。」她說。

「沒關係。」他說。「我們明天一起走。」

他提議兩人共度美好的一天，未來再相聚，因為他一年會回到島上兩次，其中一次大約都在八月。她不安地聽著，雖然有可能，但她有把握自己並不像他可能想像的那種輕佻女子。倏地，她發覺她真的快要錯過船班，於是從床上跳下，匆匆向他吻別。但是他抓住她的手腕：

「那麼，」他不死心地說。「何時再相見？」

「永遠不再見。」她說，然後用愉快的口吻結尾。「這是天主的法則。」

她踮起腳尖衝向浴室，接著關門上鎖，沒聽他一邊穿上衣服，一邊繼續叨唸一連串承諾。當她把握僅剩的時間，扭開水龍頭沖澡，他敲了下門做最後道別。

「我在書上留了個紀念給妳。」他對她說。

她感覺一道閃電劈下，心生不祥預感。她不敢道謝，也不敢問他留下什麼，就怕聽到答案，當她聽到他離開的聲音，立刻一絲不掛地衝出去，連身上的香皂泡沫都還沒洗去，想查看那本擺在夜桌上的書。她鬆了一大口氣。那是一張名片，上面有所有可以聯絡的資料。她沒撕毀名片，換做其他人的，她可能這麼做，她只是把名片留在原處，等待能放在一個安全地點的時刻來臨。

6

這是加勒比海八月的一個尋常禮拜三，大海靜靜沉睡，微風徐徐吹拂，海鷗低空飛過。安娜・瑪格達蓮娜・巴哈推來一張躺椅到渡輪的欄杆邊，打開丹尼爾・笛福的小說夾著名片的那一頁，但是她無法聚精會神。因此也沒發現某個應該會引她注意的東西，就藏在前一晚男人的真實資料裡，上面寫著他的荷蘭名字和國籍，營業住址和六個數字的電話號碼，是屬於一間位在古拉索島的工程服務公司。她反覆看了幾次，想像她的春宵夜如幽魂般的真實人生。然而，她從遇到第一個命定情郎開始，就小心翼翼地別留下任何線索，防堵在家可能引起的懷疑，因此，她把名片撕成細小碎片，撒向和海鷗嬉戲的微風。

這趟返家，她猛然醒悟過來。從下午五點踏進屋內那刻起，她發現自己和家人恍若陌生人，已經到了難以想像的程度。她的女兒假裝修道院的生活並未和她的天性格格不入，慢慢地，就不再那麼常同桌共餐。她的兒子忙得不見蹤影，一邊談著浮雲朝露的戀愛，一邊為音樂事業在大半個世界奔波。她的丈夫既是工作狂，又是無可救藥的調情高手，最後成了她床上偶爾現蹤的過客。至於她，最詭異的矛盾是，她發現自己漸漸不再對小島充滿憧憬，因為那幾個在寥寥可數的春宵夜偶遇的男人，沒有一個是真實的。然而，她最焦慮的不是質疑丈夫的忠誠，而是恐懼丈夫對她在島上的少數夜晚有所預感。因此，她很少向他談起每年的旅行，以免他起意想陪著一起去，或者勾起他的揣想，那種不那麼容易出現卻精準無比的男性疑心。

在那些沒時間和機會背叛或猜疑的單純歲月，她總是認真計算她的經期，配合夫妻例行的行房。如果他們出城，她一定在包包裡帶著保險套，以防突發意外。然而這一次，當他明目張膽，帶著歡愛過後的痕跡回到家，她感到錐心之痛，突然間，她憂心如焚，不只是這一年，而是所有可能接踵而來的猜疑。她監視他，檢查他的口袋，連口袋的縫線也不放過，而且有史以來第一次，她開始嗅聞他丟在床上的穿過的衣服。然而，從五月起她開始夢見前一年約會的情郎，並從內心深處感到心神不寧，被焦慮纏得無法呼吸。她再一次咒罵那時撕毀他的名片，感覺自己沒有他就無法快樂，即使只是在島上也好。她的心神不定太過明顯，於是她的丈夫直言不諱地說：

「妳肯定有什麼事。」

她的恐懼加深了失眠，輾轉到天明依然無法入睡，她似乎沒發現從最初幾次的旅行以來，自己有了多麼大的改變。她從未思考過在島上撞見熟人後的風險，直到一個不幸的夜晚，他們的教父阿基雷斯・克羅那多在一場婚禮晚宴上酒酣耳熱，脫口而出一些不懷好意的暗示，同桌超過四名同伴都能不費吹灰之力猜出他的意有所指。而一天正午，當她和三位女性朋友在城內一間風評極佳的餐廳吃飯，她感覺坐在較遠的桌位的一個男人很眼熟，他們總共兩人，正不斷低聲交談。他們的桌上擺著一瓶白蘭地，酒杯半滿，似乎處在一個與周遭不同的世界裡。在她正對面的那一個，穿著一整套白色亞麻西裝，完美無瑕，搭配得宜，他有一頭灰髮，留著兩端尖翹的浪漫八字鬍。她從第一眼就覺得他似曾相識。但是任憑她怎麼想，也想不起他是誰、在哪裡見過他。她三番兩次跟不上朋友們熱烈的聊天，直到其中一人忍不住問她，隔壁桌有什麼讓她心煩意亂的事。

「那個留土耳其八字鬍的人。」她低喃。「不知道為什麼，很像某個人。」

她們全都小心翼翼地看過去。

「還不錯啦。」其中一位意興闌珊地說，接著她們又開始閒聊。

但是安娜．瑪格達蓮娜依舊忐忑不安，這一晚她難以入眠，凌晨三點醒過來，一顆心糾成一團。她的丈夫也醒了，不過她已恢復平穩的呼吸，然後向他胡謅了個惡夢，就跟那些新婚期間嚇醒她的許多惡夢一樣真實駭人。而第一次，她問自己為什麼不敢在城內做出那些在島上的事，在這裡她有一整年時間，每天都有機會，比較容易掌控。她的姊妹淘中，起碼有五個在能力所及的範圍內有過露水情緣，同時又能維持穩定的婚姻。然而，她難以想像城內有什麼像島上一樣如此刺激和恰當的場合，而這一切只能說是她的母親死後的巧妙安排。

接下來幾個禮拜，她一直忍不住想找到那個無法讓她平靜過生活的男人。她在高朋滿座的時刻回到餐廳，而且不放過任何能帶隨機幾位女性友人一同前往的機會，以免獨自出門招致任何誤會，她習慣了提心吊膽，就怕在路上遇到可能就是她要找的男人。然而，在沒靠任何幫忙的情況下，她所找尋之人的身分，在她的記憶中爆炸開來，發出了刺眼的閃光。那個人，就是她在島上風流的初夜，在書本扉頁間留下一張可恥的二十塊鈔票的人。直到這一刻，她才發現她不可能是因為那劍客般的八字鬍而認出他，畢竟他在島上沒留鬍子。她鍥而不捨地回到遇見他的餐廳，帶著一張二十塊鈔票，打算扔到他臉上，但是她越來越不清楚自己的態度，因為她越是憤恨，就越是不在意對那男人的醜陋回憶，和島上的不幸遭遇。

然而，八月一到，她神采飛揚，再度當回自己。她感覺搭乘的渡輪一如往常漫長，魂牽夢縈的小島卻愈發嘈雜和貧困，前一年載她前往旅館的計程車，半途差一點就從隘道摔下懸崖。她曾享受過歡愉的那間房是空的，同一位門房立刻記起那位陪伴她的旅客，但是在資料夾中卻遍尋不著他的蹤影。她忐忑不安，走了一遍他們曾相偕去過的地方，遇見漫無目的閒晃的各色各樣的獨身男人，他們或許足以撫慰她的夜晚，但是沒有一個能取代她渴望的那一位。因此，她下榻在前一年旅館的同一個房間，接著立刻前往墓園，就怕提前下雨。

她踩著同樣的每一步，忍受滿載的焦慮，希望毫無痛苦地趕快走完每年的路程，直到與母親重逢。同樣的花販，已經一年比一年衰老，第一眼竟把她當作其他人，她給她拼了一束同樣嬌豔的劍蘭，但是心不甘情不願，還收取幾乎兩倍的價錢。

當她來到母親墳前，卻錯愕不已，因為映入眼簾的是一堆淋過雨的腐臭花朵。她想不出來會是誰來獻花，她沒有特別意思，向守墓人問起這件事，他也同樣無心回答：

「一樣是那位先生呀。」

她瞠目結舌，守墓人解釋，他完全不知道那位陌生訪客是誰，他

En agosto nos vemos

會在一年的某一天前來，把整座墳塚堆滿這種在窮人的墓園從未見過的嬌豔花朵。這些花數量太多，也太過昂貴，只要還殘留一絲生氣，他就不忍心從墳上清除。他描述那位先生年約六十歲，生活寬裕，有一頭裹上白霜的頭髮，蓄著厚重的八字鬍，他會把當手杖的傘打開在雨中撐著，好繼續在墳前凝思。守墓人從未向他打探什麼，也從未告訴任何人他獻上的鮮花值多大一筆錢，以及他給的小費有多豐厚，他也從未跟她在前幾次掃墓時提起，因為他有把握，那位神奇的雨傘紳士並不是她的家族人士。

她吞下了不安，賞給守墓人一大筆小費，她感覺自己燒成了灰燼，或許是因為突然間解開母親生前常到小島旅行的秘密，當初母親拿處理私事當幌子，但究竟是什麼事，始終沒有人清楚，也許根本就不存在。

離開墓園後，安娜·瑪格達蓮娜已不再是原來的自己。她渾身發抖，因為身體不受控制地顫動，不得不讓司機扶她上車。直到這一刻，她才解開母親每年來小島三、四趟的謎團，和當她在異地發現自己罹患惡疾即將死去後，表明葬在島上的決心。直到這一刻，她這個女兒才釐清母親在死前六年間帶著與她相同的熱情出遠門的理由。她認為，母親的理由應該跟她的相同，她對這種宿命感到訝異。她不覺得悲傷，而是對於揭開秘密感到開心，像是奇蹟似的，她延續了已逝母親的人生。

這天下午，安娜·瑪格達蓮娜被五味雜陳的情緒壓得透不過氣，她毫無方向、漫無目的，沿著郊區的窮人社區而行，不知怎麼著，來到一個街頭魔術師的帳篷裡，他能用薩克斯風吹奏出某位在場觀眾內心憶起的一首家喻戶曉的民謠。安娜·瑪格達蓮娜從來不敢參與這種節目，但這一晚她在內心開玩笑地問說，她的命定情郎在哪裡，魔術師竟語帶玄機地給了回答：

「不如妳想像的那樣近，也不如妳以為的那樣遠。」

她回到旅館，沒有梳洗打扮，只有滿腹的不甘心。露臺上萬頭攢動，因為有個年輕的女客人，正隨著一支青年管弦樂隊的音樂起舞，毫不扭捏做作，她忍不住想分享這些歡樂人群的喜悅。那裡已經沒有空位，不過老服務生認出她來，急忙替她搬來一張空桌。

第一回合跳舞結束後，另一支更野心勃勃的管弦樂隊開始演奏改編成波麗露曲風的德布西的《月光》，一位明豔動人的黑白混血女郎帶著愛意引吭高歌。安娜．瑪格達蓮娜感動不已，替自己點了一杯加冰塊和蘇打的琴酒，這是她活到五十歲，還允許自己喝的一種酒。

她覺得，唯一和這晚的熱鬧格格不入的，是隔壁桌的一對男女：

男的年輕有魅力，女的或許年紀大一點，但因外表亮麗而神情倨傲。他們顯然正在吵架，這場派對的歡聲雷動，掩去他們狠狠責備彼此的低語聲。在換曲的間隔時間，他們全然無聲，以免被附近桌子的人聽到，但是當下一首曲子響起，他們又開始激烈爭吵。在今晚這個任何人都無足輕重的世界裡，這種平凡無奇的插曲就像馬戲，安娜．瑪格達蓮娜根本嗤之以鼻。但她的心隨即漏跳一拍，那個女人煞有介事，摔破桌上的玻璃杯，接著穿過舞池，直直走向門口，沒看任何人，高傲而美麗，一對對歡樂的男女讓路給她走過去。安娜．瑪格達蓮娜知道吵架已經結束，但是她小心不去看那名男子，他還一動也不動地坐在原位。

當班底管弦樂隊結束獻給年輕人的回合，比較野心勃勃的樂隊開始演奏懷舊的《西邦妮》，安娜．瑪格達蓮娜讓自己沉溺在音樂伴琴酒的魔法之中。突然間，就在管弦樂隊的暫歇時間，她不經意和鄰桌被抛下的男人眼神相遇。她沒迴避他。他微微點個頭回應，而她感覺自己重返青春，重溫了一段遙遠但全新的相遇。她感到一陣怪異的電流竄過——好似這是第一次感覺到的一樣，她茫茫然地，情緒不再受她控制，乘著琴酒的餘威沸騰到極點。他搶先一步開口。

「那個男人是混帳。」他對她說。

她詫異地問：

「哪個男人？」

「那個丟下妳枯等的男人。」他說。

她的心揪一下，心想他彷彿看穿她的內心，講出了這句話，於是她刻意用玩笑的口吻，撇下禮貌的尊稱。

「我剛剛看見你吃了閉門羹。」

他發覺她指的是他剛剛被拋下的插曲。

「我們經常這樣吵架，但是她不會生氣太久。」他說。接著他使出最後一擊：「至於您，沒必要忍受孤零零一個。」

她回給他一個淒苦的眼神。

「到了我這個年紀，」她說。「所有的女人都是孤獨的。」

「這麼說來，」他重新打起精神說。「今晚是我的幸運之夜。」

他端著高腳杯站起來，直接在她的桌邊坐下來，她感覺自己滄桑又寂寞，卻沒嚇阻他。他點了一杯她最愛的琴酒給她，霎時間，她忘了自己的哀苦，變回從前那些寂寞夜晚的自己。她再一次咒罵自己當時撕碎了上一個情郎的名片，她感覺今晚沒有他不可能快樂，儘管只是一個小時也好。因此，她心不甘情不願地起身跳舞，而這名男子跳得相當好，讓她心情愉快許多。

跳了一回合的華爾滋舞曲後，他們回到桌邊，她發現房間鑰匙不見了，她翻遍包包，也找過桌子底下。他卻從口袋掏出鑰匙，像魔術師使出的拙劣手法，接著又像賭俄羅斯輪盤，高聲唱出房間的號碼：

「幸運號碼：三百三十三號！」

附近桌位的客人紛紛回過頭看他們。她無法忍受這個粗俗的玩笑，板起臉，伸出了手。他發覺自己犯了錯，把鑰匙還了回去。她默默地收下鑰匙，然後離開了桌子。

「至少讓我陪伴您吧。」他哀求，慌張地想追上她。「像這樣的夜晚，不該有人孤獨寂寞。」

他跳上他的椅子，或許是為了道別，但也可能是為了目送她。或許連他都不知道自己在做什麼，但是她清楚猜到他的意圖。

「不用麻煩了。」她對他說。

他看似氣餒不已。

「別在意。」她繼續說。「我兒子七歲時，也會做出一樣的動作。」

她踩著堅定的腳步離開，但是還沒走到電梯口，她就問自己，剛剛是不是平白糟蹋了在這個夜晚最需要的快樂。她點著燈入睡，睡前還在跟自己爭執，是否該睡覺，還是返回酒吧，毅然決然地對抗她的命運。曾經在她人生最黑暗的時刻反覆來襲的惡夢，又開始擾亂她，直到她聽見門口傳來隱隱約約的敲門聲，於是驚醒過來。燈還是亮著，她趴睡在床上，穿著忘記換掉的衣服。她一動也不動，咬著淚濕的枕頭，怕自己開口問來人是誰，最後敲門的人放棄希望。這時，她換個舒服的姿勢，沒有換衣服，也沒有關掉燈，再一次墜入夢鄉，她氣憤不已，淚流滿面，替自己在一個男人的世界裡生為女人感到悲哀。

當櫃檯打電話叫醒她，以免錯過八點的渡輪時，她還睡不到四個小時。她跳下床，在島上度過不幸的夜晚是不會有這樣怕趕不及的動作，而她得等上兩個小時，才能向守墓人詢問遷移母親遺骨的手續。等到一切確定完成，已經過了中午，於是她打電話給丈夫，騙他說她錯過船班，但是下午一定會離開。

守墓人帶著他雇用的掘墓人挖出棺材，他們面無表情地打開棺蓋，像是園遊會的魔術師表演。這一刻，安娜·瑪格達蓮娜發現她彷彿照著一面全身鏡，她看見自己躺在打開的棺材裡，帶著永遠停駐的微笑，雙手交叉擱在胸前。她看起來完全沒變，停駐在那天的年紀，戴著結婚的面紗和頭冠、紅色祖母綠髮帶和婚戒，那是母親用僅存的一口氣替自己裝扮的模樣。她看見母親彷彿還活著，跟她一樣傷心欲絕，還感覺她從死亡的那一頭凝視自己，和她對自己的愛和眼淚，最後她的遺體在灰燼中掙扎，只剩下蛀蝕後的骸骨，掘墓人拿起掃帚清除塵土，不帶一絲憐憫，將遺骨裝袋。

兩個小時過後，安娜・瑪格達蓮娜帶著憐憫的目光，最後一次回顧自己的過往，用一聲「永別了」，告別那些一夜情的陌生人，和無數她在島上各處留下的躊躇不定的時光。夕陽把寧靜的大海染成一片金黃。六點鐘，丈夫看見她進門，而且毫不掩飾自己正拖著一袋骸骨，這無法壓抑他的驚訝。

「這是我媽現在的模樣。」她對他說，並且早就猜到了他的驚恐。

「你別害怕。」她對他說。「她懂的。而且啊，我想，只有她一個，早在決定死後葬在島上就已領悟。」

編輯後記

《八月見》原書編輯

克里斯多巴・培拉

一九九九年三月十八日，加布列．賈西亞．馬奎斯的讀者得知一則令人振奮的消息，諾貝爾文學獎哥倫比亞作家正在創作一部新小說，女主角安娜．瑪格達蓮娜．巴哈一人串演五個獨立的故事。記者蘿莎．莫拉採訪作家三天後，西班牙《國家報》刊出獨家消息和小說的第一個故事《八月見》。在刊登的幾天前，馬奎斯在馬德里的「美洲之家」文化中心先行讀過報導，他到那裡和同樣是諾貝爾文學獎得主喬賽．薩拉馬戈一同參加一個關於拉丁美洲創作力的論壇。他並沒有演講，而是帶給聽眾驚喜，朗讀小說第一章的最初始版本，也就是讀者此刻捧在手中的小說。蘿莎．莫拉並補充：「《八月見》只是一部作品的一部分，這本書還囊括其他三篇共一百五十頁的小說，馬奎斯都已經寫完，也許再多一篇吧，因為根據他的解釋，他還有一個靈感。串起這本書的共同點是：關於遲暮之年的愛情故事。」

幾年過後，拜運氣之賜，我在人生道路上遇見馬奎斯，他是我從青少年時期以來最喜愛的床頭作家之一。這股閱讀他和魯佛、波赫士以及科塔薩爾的作品的狂熱，帶我橫越了大西洋，遠到德州大學奧斯汀分校攻讀拉丁美洲文學博士學位。二〇〇一年八月，我返回巴塞隆納，在蘭登書屋擔任編輯，卡門．巴塞爾斯打電話給我，約我在經紀公司見面，時值度假旺季，辦公室一片空蕩蕩。她讓我和馬奎斯通電話，他需要替他的回憶錄找個代班編輯。他平時的編輯，也就是我親愛的朋友克勞迪歐．洛培茲．拉馬德里正在度假。因此，我展開了一段和哥倫比亞作家並肩工作的日子，檢閱《活著是為了說故事》的最終版本，稿件乘著電子郵件或傳真一點一滴寄到，我附上腳註後再回傳給他，絕大部分是資料正確性的求證。我跟他說卡夫卡的《變形記》並非真的由波赫士翻譯，只是在他閱讀的阿根廷版本的封面上如是寫道，他特別感謝我告訴他這個消息，因為這個故事改變了他的敘事宇宙。儘管他當時正在洛杉磯養病，我卻能藉著遠距的編輯工作一窺作家的工作天地，從重寫獻給「波哥大動亂」的章節，到聰明變更書名的一個字母，避開和另一位作者的衝突。儘管我是因緣際會在巴塞隆納的一間餐廳認識他和梅賽德斯·巴爾查，但一直到二〇〇八年，我們才以作者和編輯的身分重新串起我們的關係。

二〇〇三年五月，在洛杉磯久居一段日子後，加布列·賈西亞·馬奎斯和梅賽德斯·巴爾查返回他們在墨西哥的家，他們剛剛雇用的新上任的個人秘書莫妮卡·阿隆索在那裡迎接他們，她的見證對於重建《八月見》的創作時間軸至關重要。根據莫妮卡·阿隆索陳述，二〇〇二年六月九日，作家在編輯安東尼奧·玻利瓦的協助下，完成了回憶錄的最後校稿及審閱。成書之後，他清空書桌上的各種版本和筆記，卻在同一天收到母親過世的消息。這個不可思議的巧合，為他回憶錄開頭的迴圈畫下了句點：「我的母親要求我陪她賣掉屋子。」一作家接下來沒有其他立即銜接的工作，但莫妮卡在檢查他書房的抽屜時，找到一個含有兩份手稿的檔案夾：一份名為《她》，另一份是《八月見》。二〇〇二年八月到二〇〇三年七月，馬奎斯振筆直書完成《她》，後來在二〇〇四年出版時，書名改為《苦妓回憶錄》，這是他生前出版的最後一部小說。

但是在二〇〇三年五月，《八月見》另一個片段的刊登，似乎公開宣告馬奎斯還在繼續耕耘他的最後一部作品。二〇〇三年五月十九日，《八月見》的第三章〈月蝕夜〉以一篇未曾發表的故事，刊登在哥倫比亞的時事雜誌《改變》，幾天後又重現在西班牙《國家報》。

莫妮卡．阿隆索指出，作家從二〇〇三年七月起，卯足全力重新投入這部小說的書稿裡。就這樣，從那時一直到二〇〇四年年末，除了最初的幾份草稿和一份他從洛杉磯帶回來的版本外，還累積了五份標註連續編號的版本。所有的版本都附上日期，連同其他文件，交由德州大學奧斯汀分校的哈利．瑞森檔案館保管。

到了第五個版本，他停筆不再修改，把一份樣本寄給他的經紀人卡門．巴塞爾斯。他向莫妮卡．阿隆索吐露：「有時，應該放手讓書本安息。」他在年曆上有個重要大事，西班牙皇家學院為了慶祝《百年孤寂》出版四十週年，即將出版紀念版本，他忙於準備工作，一刻不得閒。二〇〇七年三月二十六日，他參加卡塔赫納討論會的開幕會議，這是他最後參加的大型公開活動之一。

二〇〇八年三月，我在墨西哥擔任蘭登書屋駐地總編輯，再次以編輯身分，負責卡門．巴塞爾斯委託的馬奎斯的一本書的工作，這本書彙整了他的演講文字以讓公眾閱讀，兩年後，這本書被命名為《我不是來演講的》出版。這段日子我經常到他的書房造訪，至少一個月一次，後來變成一場漫長的對談，討論他在書中談到的書本、作者和主題。

二〇一〇年夏天，我在巴塞隆納接到卡門．巴塞爾斯的通知，她說馬奎斯有一本尚未出版的小說，故事還沒有結局，她要求我鼓勵他完成。她告知那是一位已婚中年婦女的故事，她來到一座小島，探訪葬在島上的母親，並在那裡遇見一生的真愛。返回墨西哥後，我先向馬奎斯問起這部小說，並轉達他經紀人告訴我的話。馬奎斯很開心，他說書中的女主角碰到的不是此生的真愛，而是每次到訪小島時，偶然遇上的不同情郎。他說小說已有結局，為了證明給我看，他還要求莫妮卡拿來最後版本，放在他一向用來裝訂稿件的德國燈塔牌檔案夾裡，他還讀出故事最後一段隱晦不明的結局。雖然他對這個正在進行的工作有所保留，但在幾個月後，他答應讓我在他的身旁高聲朗讀其中三章，記得當時我還讚嘆這個故事精采絕倫，而且非常原創，是他之前的作品中從未見過的題材，我衷心期盼他的讀者將來有一天能一同分享。

然而迫於失智，他已經無法把最後版本的每一塊都正確拼湊和校正，但在當時，在書房檢視內容、做他最喜愛的工作，像是在這裡加個形容詞，或在那裡修改某個細節，都是他打發日子的最好辦法。第五個版本，是在二〇〇四年七月五日完成，他在第一頁寫下：「很好，完成。有關她的背景在第二章。注意：也許應該是在終章，是不是比較好？」這顯然是他最滿意的版本，於是他決定和莫妮卡推翻寫在先前幾個版本中的提議。同時，莫妮卡還有一個電子版本，裡面還包括馬奎斯先前考慮保留的幾個可選擇的片段或場景。這兩份稿子就成了這個最終版本的底稿。

作者和編輯的關係是一種基於尊重而建立的信任協議。卡門在我們的第一次電話通話時說過：「我希望你能盡可能地吹毛求疵，因為一旦定稿，我就不會再檢視。」以我而言，和加布列．賈西亞．馬奎斯工作的殊榮，是一場不斷從他的話中學習謙卑的練習，我接下這個版本的工作，就像在修復一位大師的畫作。我從莫妮卡．阿隆索保存的電子版本開始，對照馬奎斯認定的最終第五版——最後幾年陸續加入從其他版本而來的細微修正，再檢視他手寫的每個註解、給莫妮卡．阿隆索口述的註解、每個刪改的字句、每個空白處留下的取捨，然後決定了這個最終版本的組合。編輯的工作不是改書，而是補強每一頁上的內容，這就是我編輯工作的核心。這包括了，比如說，資料的證實和校正，從提到的音樂家或作者的名字，到女主角的年紀，是否如他在空白處註記的一樣具有連貫性。

我希望所有《八月見》的讀者，都能跟已經讀了十幾遍的我一樣，過程中能不斷感受到欽佩與驚喜，在讀這本書的時候，我彷彿感覺馬奎斯就在我的肩膀上方，如同我們一起修改他的演講書那天，莫妮卡替我們拍下的那張照片一樣。

我要感謝羅德列克和貢薩洛·賈西亞·巴爾查的信任，他們在八月那天打電話給我，告知他們決定讓《八月見》問世，並指定我當編輯。這份重責大任，和他們在整個過程的鼓勵和信任，是我這輩子擔任編輯工作的最大回饋。我依稀記得那天，梅賽德斯·巴爾查替我打開他們家的大門，以及書房的門，這份回憶經常在這幾個月出現。莫妮卡．阿隆索對於作家的忠誠和責任感，是這本小說得以交到我們手中的重要關鍵，我同時要感謝她花費時間，替我重建作家撰寫這個故事的歷程。我們所有人也都欠保存作家檔案的、德州大學奧斯汀分校的哈利．瑞森檔案館團隊一份人情，他們把小說手稿電子化，是促成這個版本完美成形的重要步驟，他們是：史蒂芬．恩尼斯、吉姆．昆、薇薇．貝倫斯、卡珊德拉．陳、伊莉莎白．加弗，和亞莉函德拉．馬汀內茲。感謝偉大的編輯朋友蓋瑞．菲斯克喬，他的一番話幫助我脫離了編輯過程遇到的瓶頸。他是我們懷念的總編，一直以來，他的經驗總能為我指引方向。感謝索妮．梅莎願意出版這本書。我特別要感謝我的妻子伊莉莎白，和我們的孩子尼可拉斯．漢瓦勒麗，他們支持我在這麼長的時間，關在閣樓裡和小說奮鬥。最後，我要向馬奎斯獻上最深的感謝，因為他的博愛、純正，總是溫柔對待任何接觸他的人，在他們心中，他像是面露微笑的神，而不只是一個普通人。他在這段日子的回憶，是帶領這本書走到這裡的最大動力。

克里斯多巴・培拉
二〇二三年二月

八月見 / 加布列・賈西亞・馬奎斯作；葉淑吟譯.
-- 初版. -- 臺北市：皇冠, 2024.03
面；公分. --（皇冠叢書；第 5144 種）(CLASSIC;122)
譯自：En agosto nos vemos

ISBN 978-957-33-4124-6（平裝）

885.7357　　113001731

皇冠叢書第 5144 種
CLASSIC 122

八月見

En agosto nos vemos

作　　者—加布列・賈西亞・馬奎斯
譯　　者—葉淑吟
發 行 人—平　雲
出版發行—皇冠文化出版有限公司
台北市敦化北路120巷50號
電話◎02-27168888
郵撥帳號◎15261516號
皇冠出版社(香港)有限公司
香港銅鑼灣道180號百樂商業中心
19字樓1903室
電話◎2529-1778　傳真◎2527-0904
總 編 輯—許婷婷
責任編輯—蔡維鋼
行銷企劃—薛晴方
美術設計—BIANCO TSAI、李偉涵
著作完成日期—2024年
初版一刷日期—2024年3月
初版二刷日期—2024年4月
法律顧問—王惠光律師

讀者服務傳真專線◎02-27150507
電腦編號◎044122
ISBN◎978-957-33-4124-6
Printed in Taiwan
本書定價◎新台幣340元/港幣113元